光文社文庫

インサート・コイン(ズ)

詠《よみ》坂《さか》雄二

光　文　社

目次

インサート・コイン（ズ）

穴へはキノコをおいかけて

「マリオはジャンプする時に片手を挙げるでしょう？」

どうしてだか知ってますか――そう、流川《るかわ》さんは続けたのだ。唐突に聞こえることを、まったくの自然体で。

「はあ。……え、マリオが、ジャンプ？」

「そうです。ぴょーん、と」

「……えーと」

思い出してみる。ドット絵で描かれていたころも、ポリゴンで描画されるようになってからも、そう、マリオはジャンプする時に握り拳を挙げていた。そんなイメージがある。

「確かに挙げてますね」

「どうしてだか判ります？」

そう問うからには考えて判る答なんだろう。単なる力《りき》みの演出であるといった答でもないに違いない。それなりに愉快な理解がある答なのだきっと。

さて一体なんだろう。考えてみる。

いや、実際には考えるまでもなかった。マリオが挙げる手が握られていることを俺は知っているのだ。なぜ？　そのほうが力が入っているように見えるから——じゃない。

「ブロックを叩くためですよね」

そのとおりですと流川さんは頷き、俺は安心した。試されていたわけじゃないけれど、教えを乞《こ》うばかりじゃいたくないって想いがあった。尊敬している人なのだ。

流川さんは愉《たの》しそうに微笑んで続けた。

「マリオはブロックを下からジャンプして叩きます。ブロックを壊すためだったり、箱の中身を取るためだったり、敵を下から叩くためだったりと理由は色々ですが、プレイヤーが押すボタンはどれも同じAボタンでしょう。だから作り手は、ジャンプをするという行為にも、ブロックを下から叩くという行為にも沿うグラフィックを用意したいと考えた。そしてマリオは片手を挙げてジャンプするようになったわけです」

「システムが生んだデザイン——機能美ってことですか」

「そうですねえ。機能がというより、頭突きでブロックを叩くのはちょっとなあと思う感性と、それをシステムではなくグラフィックで解決しようというアイデアが美しいのでしょう。ちなみに時代をさかのぼると、マリオはデビュー作であるドンキーコングですでにジャンプをしていますが、そこでは片手を挙げていません」

そうだったか？　そちらは思い出せなかった。俺が知ってるドンキーコングはファミコン版だけれど、そんなにプレイした覚えはない。それでも判ることはある。

「あのゲームでは、ブロックを叩く必要がなかったような」

「そう。ドンキーコングでは、マリオは転がってくるタルをジャンプして避けたり、ハンマーでタルを叩いたりするだけで、何かを下から叩くことはありません。だから両腕はこんなふうに水平に構えてジャンプをしています」

流川さんは実演してくれる。堂々としたものだ。

「マリオが片手を挙げてジャンプをするのは、わたしの知る限りでは、スーパーが付かないマリオブラザーズからです。ハエやカニを床越しに、またPOWブロックを下から叩くため、片手を挙げることにしたのでしょう」

なるほど。少し考えれば判ることかもしれないけれど、『マリオが片手を挙げてジャンプをする姿』からそういうことに気づく視点が凄いと思った。

そう言うと、流川さんは笑って首を振るのだ。

「わりあい有名な話ですよ。わたしは田尻智《たじりさとし》の著作で読みました」

不勉強を指摘された気がした。俺の内心を慮《おもんぱか》ってか、でも面白いでしょうと流川さんは淀《よど》まずに続ける。

「黎明期《れいめいき》にグラフィックのすり合わせによって生まれたのだろう片手を挙げてジャンプをする姿が、現在のマリオにまで受け継がれているわけです。任天堂《にんてんどう》の顔役として色々なゲームに出ているマリオですが、どのゲームでもジャンプする時は片手を挙げているのですよ。ブロックを叩く用事がなかったとしても」

「いまだにキノコでパワーアップもしますしね」

「ええ。ポリゴンで描かれるようになり、三段ジャンプを覚えても、マリオはやっぱりいちばん最初のジャンプでは手を挙げるのです。今の技術なら、何かを叩く軌道を描くジャンプをした時にだけ手を挙げる、といった処理もできるのでしょうが、そうなってはいない。作り手だけじゃなく、受け手のほうにもマリオは手を挙げてジャンプするものだという認識があるからでしょう」

「ゲームの遺伝子ですか」

「文化ですよ」

必然による淘汰《とうた》を経《へ》ているわけではありませんからと流川さんは付け加え、俺は頷いた。

頷きにくかったのは次の言葉だった。

「柵馬《さくま》さんが見たものも、それと似ていると思いますよ」

どういうことだろう。

俺が見たのは岩場にあった鮮《あざ》やかな色の何か、惨劇を思わせる赤黒い染みである。

ゲームオーバーになってコンティニューをしたみたいに、ワールドの最初、そもそもの始まりから話すことにしよう。

◆

「スーパーマリオブラザーズ発売二十周年記念だろうねやはり」

次号の企画会議を始めましょうと言って即座、編集長はそう述べた。きっと初手《はな》から決まっていたんだろう。異論はなかった。なかば予想していたことでもある。一九八五年の九月にスーパーマリオブラザーズは発売され、今は二〇〇五年の六月だ。次号の発売日は九月なので、順当な企画と言えた。

雑居ビルの地階を改装した狭い編集部である。

そこで接世書房《つぐよしょぼう》発行のゲーム誌『Press start』は編まれているのだった。会議と言いながら会議室などないため、机と机のあいだに椅子を集めて顔を付き合わせるだけのものである。面子《メンツ》も、編集長にライターである俺と流川さんのみ。編集に携《たずさ》わる人間はほかにもいるけれど、企画会議に付き合うような閑人《ひまじん》はそう多くないのだ。

やはりそうなりますかあと流川さんがのんびり呟《つぶや》く。

「しかしそれはちょっとした難題ですねえ。スーパーマリオとなると、さすがに語り尽くされている感がありますから」

「そこをなんとか、ベテランの流川さんにビシッとメインを張ってもらいたいわけなんだ。むろん柵馬さんにもその脇を固める愉快な企画をお願いしたいわけだが」

「もちろん気張るにやぶさかではありませんけども。うーん、――柵馬さん、何か良い企画はあるかい？」

話題を振られて考えてみた。真剣にだ。

俺こと柵馬朋康《ともやす》は誕生日を迎え、二十六歳になったばかりだった。ちょっとした流れで始めたライターという仕事にもそれなりの情熱をもって取り組めている。もちろん、ほかに仕事のあてがないといった都合も大きくはあるのだけれど。

「開発者インタビューなんかは大手に任せりゃいいですよね。任天堂のサイトでも読めるだろうし。プレスタらしいバカ企画ってことで言えば……食べると元気が出るキノコ特集とかはどうでしょう。次は九月発売ですし、食欲の秋と絡めたり、いっそのこと幻覚作用のあるキノコを特集してみるとか――」

後半は冗談のノリで喋《しゃべ》ったのだけれど、流川さんはあっさりと言う。

「それなら二十年前にもうやったんですよねえ」

「——は？」

「わざわざベニテングタケを取ってきて食べたんですよ。それでまあ、わたしは軽く酔った症状を味わったくらいで済んだんですが、仲間が救急車で運ばれる騒ぎになりましてね」

「ベニテングタケ……」

それってあの、図鑑でよく見る毒々しい色のキノコか。

「意外とおいしいんですよあれ。毒性もあまり高くはないらしく、その筋の文献を繙《ひもと》いてみれば、北欧のバイキングなどは景気づけとして戦《いくさ》の前に食べる習慣を持っていたとかいう話もあったりして」

「へ、へえ……」

「いやフリーダムな時代でした。まずもって費《つい》やすお金に困りませんでしたし。バブルだったんですねえ。麻薬取締法も改正前、幻覚キノコも試したい放題で」

さすがは長年ライターを続けているだけのことはある。簡単に思い付くような企画はすでにやっているのだ。けれど俺にも意地があった。

「じゃあ地下ステージ絡みで、都内の下水探訪とか」

「それは十年前にやりました」

「ファイアボールの作り方というのは――」

「前にやった炎魔法再現（初級編）とネタが被りますよ」

「……ですよねえ」

うーんと唸るが、唸るのはアイデア打ち止めのサインでもある。俺よりそのことを判っている編集長がわははと笑った。言ったでしょうと応じる流川さんは困り顔だ。

「語り尽くされてる感があると」

「いやはや、さすがスーパーマリオだねえ」

ちょっと待って下さいよと俺は慌てて口を差し挟む。かませ犬で終わるのは避けたかった。編集長だけならまだしも、今は流川さんが同席しているのだ。

痩《や》せ形《がた》で陰鬱な風貌《ふうぼう》はいかにも怪しげ。猫背なせいで見過ごしがちだけど、意外と身長もある。一八〇センチある俺とほとんど一緒だ。自殺ばかり考えている予備校生みたいな外見に反し、喋りはいたって気さくで、年齢は不惑過ぎ。

そんな流川映《あきら》は、俺にとり師匠筋にあたる人なのだった。

その下で働いていたことがあるとか、手取り足取りライター業のイロハを教わったというわけじゃない。まだ読む側の人間だったころ、その記事に心動かされたことがきっかけで、俺はライターを志《こころざ》したという事情があるだけのこと。

書いたものを読んでいれば自然と伝わる姿勢や情熱がある。言葉にはされないそんなことを俺は密かな極意のように感じ、勝手に弟子のつもりでいるのだ。ライターなんて長くできるものじゃないと言われて久しいけれど、長く続けている人間もいないわけじゃない。たとえば流川さんのようにと考え、勇気をもらうこともある。

「マリオ絡みで何かネタになりそうなこと……リアルパックンフラワーとか言って、それっぽい食虫植物特集はどうです」

「ふうむ。それはまだやっていませんねえ」

いいじゃないのと編集長も頷いたけれど、自分で言いだしておいてピンと来ないというか、いまいち弾が弱く思えてしまう。流川さんがやったことがないというのも、盲点を衝《つ》いたというより、つまらないからやらなかったように感じられるのだ。

ま、それは俺の僻《ひが》みだとしても——ここはいったん原点に戻るべきか。

「——スーパーマリオと聞いて思い付くものって、なんですかね」

「ジャンプゲームの革命ってことですかねえ。Bダッシュの発明も欠かせませんが。オブジェクトで言ったら、キノコ、クリボー、ノコノコ、土管、コイン……」

「ジャンプを取ってアスレチック施設紹介とかは……安易にすぎますよね。やっぱりキノコかなあ。マリオに出てくるキノコに似たキノコを集めてみるとか」

「あれそのものはないでしょう。デフォルメされていますから。というか、デフォルメしやすいものということでキノコが選ばれたんだろうと思いますが」

低い解像度でも描けるからという理由か。もちろんほかのゲームとの差別化を狙う意図もあったろう。食べ物をアイテムに採用するとしたら、果物やお菓子、あるいは子供に人気のメニューであるカレーやアイス、ハンバーグあたりが常套《じょうとう》だろうに、キノコを持ってくる発想はちょっと凄いと思う。

キノコを好きかと問われれば、俺はどっちでもないと答えるだろう。子供のころは味が薄い食材だと思っていた。香りと歯応えを愉しめるようになったのは最近だ。しかもマリオのキノコはブロックの中に隠れてて、あまつさえ――

「動く」

はい？　と流川さんが応える。編集長も何が？　という顔だ。

「いや、マリオのキノコって、スライドして動くじゃないですか」

「あーそういうことですか。ええ、動きますね」

「それ絡みでできないですかね。自作してみるとか」

「うーん、工作としてはラジコン仕込むだけですから、難易度が低すぎますね。……というか、それそのものでいいように思うんですが」

「……それそのもの？」

流川さんは頷く。

「動くキノコを探すというのはどうです？　題して『逃げるキノコは実在した！』――なかなか良い響きだと思いますが」

それが良い響きかどうかの判定はさておこう。重要な事実はひとつ。

その企画会議で、対案を俺が思い付かなかったということだ。

◆

二十周年記念ということは当然、二十年の歳月が経過したわけだ。

子供のころ、マリオになって楽しんだあの時間から。

取材先に向かう電車の中、窓から灰色の景色を眺めていると、ふとそう思った。不思議な気分だった。ノスタルジーとは違う、すぎた歳月がただ不思議なのだ。

二十年前――小学一年生か二年生のころ、俺はスーパーマリオで遊んでいた。そう考えればいくつか思い出す景色やエピソードがある。子供のころからゲームをやっていたので、その時々に遊んでいたゲームが想い出のタグになっているのだ。

よく考えてみるとそれも本末転倒な気がするけれど。

六歳の俺はどんなだったろう。

詳しく思い出せるわけもないけれど、どうしようもなく変わってしまったようにも、大して変わっていないようにも思う。どこにでもいるゲーム好きな子供が二十歳になりライター業を始め、今へ至っているだけだろうと。

仕事を始めてから六年が経つ計算か。

この六年は、新しいものに接して視野を広げ、また古くから親しんできたものに改めて触れる日々だった。バランスが取れているように聞こえるかもしれないが、要は仕事が選べなかっただけのこと。ゲーム誌の仕事だけで食い繋げるライターなんてもはや存在しないし、ゲーム誌のギャラが特別良いわけでもないのだから。

世間でゲームが流行っていないというわけではない。

むしろ去年末に出たDSとPSPで市場は賑《にぎ》わい、少し前より見通しは良くなっている。

ただその一方でライターの仕事は減っていた。ネットの普及で送り手と受け手の境界は薄れ、巷《ちまた》には史上最大量のテキストがあふれているのに、プロの仕事が求められる場面は減少傾向にあるのだ。読者がテキストに金を払いたがらないと換言してもいい。

もっと簡単に言えば、ゲーム誌が減っている。

メーカーが広告を雑誌に頼っていた時代は終わり、今はもう自社のホームページで直接行うのが普通だ。そこに載るテキストは各社の広報が担当することになる。

それが時代だなんて言うつもりはない。すべてのライターが仕事を減らしてるわけじゃないからだ。単に淘汰圧が増しただけのこと。この仕事に旨みがあったころを知らない俺には、素人がプロ気取りでいられた今までがおかしかったのさと強がれば済む。

それでも、二十六歳だ。

二十年前の俺が今の俺を見たらなんて言うだろう。

こんな大人にはなりたくなかったよと言うだろうか。言うかもしれないし、朝早く起きなくて済む生活を羨《うらや》ましがるかもしれない。何にせよいいわけなんてする気にもならない。だから言われる前にこう尋ねてやろう。おい、今度マリオについて記事を書くことになったんだが、どうしたらいいと思う？

バカバカしい空想だった。

ライターを続けるうちについた癖《くせ》でもある。被害妄想遊びというか、依頼主との架空のやりとりを頭の中で行うのだ。ああ来たらこう言ってやろう。こう言われたらこう返そう。そんなシミュレーションが役立ったことはまずないのだけれど。

自嘲《じちょう》したところで目的の駅に着いた。

都内だが二十三区外、奥多摩《おくたま》の山麓《さんろく》が遠景に窺《うかが》えるのどかな町である。午前十時という時刻のせいか駅前の賑やかさは控えめだった。六月半ば、梅雨時《つゆどき》の合間にぽっかり晴れた日和《ひより》だ。駅前の案内図で地理を確認すると、下調べしてきたとおり、ちょっとしたハイキングコースが近くにあった。そのコース入口までバスも通っている。

目的はもちろんハイキングではない。動くキノコだ。

ツチグリというキノコがある。

キノコと言われて普通に思い描く、地面から柄《え》が伸びていてカサが開いているようなものじゃなく、丸い姿が直接地面に出ているらしい。湿度の高い日にはその外皮がミカンをむくみたいに星状に割れて開き、地面に固定されるのだけれど、その姿がヘタ付きの柿に見えるところから、ツチガキとも呼ばれるそうだ。中央の袋には胞子が詰まっていて、水滴などが袋に落ちると、その衝撃で周囲に胞子をばらまくのだとか。

それだけならただの変わったキノコだが、もうひとつこのツチグリには特徴があるという。空気が乾くと外皮がもとどおりに畳まれて丸くなり、地面の固定も外れるので、風などが吹けばコロコロと転がるのだそうだ。

つまり移動する。

そして湿気の多い場所にたどり着くと、また外皮を開いてその場に投錨《とうびょう》し、胞子を撒《ま》く瞬間を待つのである。なかなか考えられたシステムだ。

ツチグリは移動するキノコ。

無理矢理だが、そこだけ取り上げればマリオのキノコと一緒だ。もちろん外見は似ても似つかないが、そもそもマリオのキノコに似たキノコなんて現実にはないし、あれが食用である保証もない。むしろパワーアップすることを考えれば、マジックマッシュルームのたぐいを疑う必要があるだろう。

だからいいのだ、動くキノコと言い張れれば。

プレスタはまともなゲーム誌ではない。新作情報や攻略記事に紙幅を割《さ》くようなことはせず、基本、大手が取りこぼしたり、最初から見向きもしない話題に関する記事が大半を占めている。あえてそういう生残《せいざん》戦略を取っているわけだ。

実在するマリオのキノコ、あるいはそのモデルになったキノコだと言い張ってツチグリを紹介する。それが今回の仕事だった。そのためツチグリの姿を写真に収める。なんだったらビデオ撮影してプレスタのホームページで公開してもいい。そっちのコンテンツ集めもそれとなく頼まれているから、無駄ってことはないはず。

ツチグリが現れる時期は夏から秋にかけてだそうだが、六月に出ることもあるらしい。奥深い森や決まった樹木に生えるわけではなく、崖の縁など土が露出しているところならどこでも見られるそうだ。

もし見つけられなくても、〆切までにはまだ間があるし、最悪写真だけどこからか調達すればいい。取材は原稿を書きやすくするために行うと割り切れば、仕事で遊んでいるような気分にもなれる。そういう想いが大事なのだ。実際は経費が稿料に込みの仕事であっても。企画から執筆まで裁量が利くことも報酬のうちなのだから。

駅からバスに乗り十五分、木々が道の両脇で視界を遮《さえぎ》り出したころ、目的のバス停が見えてきた。小高い丘の中腹で、降りた客は俺のみである。

時計を見ると昼時だ。木漏《こも》れ日《び》がアスファルトに描く影の輪郭《りんかく》は淡《あわ》い。道中で買ったカロリーメイトを囓《かじ》りながら少し歩くと、林に続く未舗装の道が現れた。ハイキングコースのはずだが、説明書きなどは一切ない。入口に申しわけ程度のベンチがあり、土が踏み固められただけの道が続いている。ベンチのそばに立ちあたりを見渡すと、少し懐かしい気分になった。なぜだろうと考えて思い出す。

昔、実家の近くにあった小さな山だ。雰囲気が似ていたのだ。

開発のために半分崩したところでバブルが弾け、造成工事が中断したそこは、小学生だった俺にはうってつけの遊び場だった。俺もゲームばかりしてたわけじゃなく、飛んだり回ったり走ったりもしていた。そういう楽しみを知り、同じ括《くく》りでマリオを捉えていたようにも思う。いや、単純に区別してなかっただけか。

速く走ること、高くジャンプすること、何かを踏んだり蹴ったりすること、見知らぬものに触れること。そういうゲームの約束ごとは現実にやっても愉しいものだ。

想い出の中で、山は大きな土の固まりだった。草もほとんど生えてなかったように思う。中断された造成工事のせいか、高さがあったので草の種が飛んでこられなかったのかもしれない。キノコも生えていなかったはず。

日陰にコケくらいあっただろうが、もちろんツチグリなど見た覚えはない。あったとしても、もう確かめようはなかった。造成工事は俺が高校へ上がるころ再開し、山は綺麗に削られたのだ。しばらく地元には帰っていないが、最後に見た時、そこは一階にローソンが入った学生向けのワンルームマンションになっていた。

道端に目をやりながら進んでいく。キノコの姿はない。

迷うような分岐もなく、ハイキングコースは起伏も緩やかだ。枝葉で視界が覆《おお》われがちな道を歩いていると、ぼんやり思考が巡《めぐ》り出す。

マリオのキノコの正体はなんなのか。

斑点《はんてん》を手がかりに調べると、実際のキノコにも似た斑点を持つものが珍しくないことが判った。斑点は模様ではなくイボ、キノコが顔を出す時に突き破った膜の欠片《かけら》であるらしい。タマゴの殻というわけだ。そしてそのイボを持つ代表的なキノコはというと、これがベニテングタケなのである。流川さんが食べたという毒キノコだ。

どうもベニテングタケは、海外ではデフォルメされたキノコのスタンダードな姿とされているらしい。赤いカサに白いイボという外見は確かに印象深く、絵本の挿《さ》し絵《え》にはぴったりだろう。マリオのキノコに斑点が採用されたのも頷ける。それにしても——

あのキノコはどうして動くんだろう。

ツチグリが動くのは新天地に胞子を撒くため、つまり子孫を殖《ふ》やすためだ。一方、動物が移動するのは餌を得るため、または天敵から逃げるためだろう。もちろんどちらもマリオのキノコが動く理由にはならない。ゲーム上でそれは単なるアイテム。触るとプレイヤーが得をするシンボルにすぎない。それがなぜ動くのか。

なんて問いは、実は成立しない。

動くことを俺は疑問に感じていないからだ。そういうものだと納得している。

ほかのゲームに目を向けても動くアイテムは珍しくない。シューティングゲームなどむしろ動くほうが自然だ。そうなっている理由も明白だった。プレイヤーに簡単に取らせないためだ。焦《あせ》れば取得できた時の快感が増す。その上でキャラがパワーアップすれば、多少の焦りはストレスではなく報酬が前提の演出となる。

けれど――

同じパワーアップアイテムでもファイアフラワーは動かない。考えてみれば不思議だ。現実に咲く花は動かないからなんて説明は、キノコが動く世界では通用しない。ブロックから現れたキノコは動き、土管に当たれば戻ってきて、ブロック越しに叩かれればポンと跳ねさえするのだ。それらはすべてそう振る舞わせようとプログラムされた結果だ。労力をかけただけ、そこにはデザイン上の理由があるはずだ。

なんだろう？　キノコとファイアフラワーの違いとは。

菌類と植物の差が関係するのだろうか。

高校のころ、生物の授業で菌類は植物でも動物でもないと習った覚えがある。五界説において独立した界が与えられているのだ。残り二つが何か全然覚えていないが。

なんて、どう考えても考えすぎだ。

動く植物がこの世にいないわけでもない。転がり移動するツチグリと同じように、転がりながら種を撒く植物だって実在するのだ。有名なところでは、西部劇の背景でよく転がっている根無し草《タンブルウィード》など。

やはり理由はゲームデザインのほうにあるのだろう。

そんなことを考えながら歩いていると、前からつばの広い麦わら帽子を被った人影が歩いてきた。野良着姿である。ハイキングコースには似合わない。麦わら帽子で顔が陰になっていて、昼だというのに黄昏時《たそがれどき》のように正体が知れない。

かなり近づき、ようやく顔立ちが窺えた。

男だ。肌はよく焼けていて、帽子からはみ出した髪は白髪交じりだった。ひょこひょこした足取りからすると老人と言っていい歳かもしれない。すれ違いざまに会釈《えしやく》した時、彼が右手に持っているものが視界に入った。

大振りの鎌だ。

刃渡りは五〇センチほどだろうか。柄は一メートル以上ありそうだった。安全のためだろう、男は柄の刃に近い部分を持っている。その大きさにぎょっとし、思わずすれ違ったあとで振り返ったが、姿格好と合わせて考えれば除草作業中と見当も付く。

男の姿はすぐに見えなくなった。

俺は歩き出した。男とすれ違ったのは偶然で、たとえすれ違ったのが二足歩行でハンマーを携えたカメだったとしても怪しむには及ばないと自分に言い聞かせつつ。

それでも俺は想像してしまった。嫌な何かを。

大振りな鎌が、どうしたって不吉なものを連想させたからだ。

極彩色《ごくさいしき》のキノコのように。

◆

赤黒いものがぶちまけられていた。

大型の動物が解体し運ばれ、掃除が忘れられたとでもいうかのように。

変わり映えのしないハイキングコースに飽き、ふと茂みを掻《か》き分けて横に逸れた先、ぱっと視界が開けて現れた岩場でのことだった。地学には詳しくないが、火山性のものらしき細かな穴が多くてゴツゴツした岩の転がる景色だ。周囲には種類の違う雑木《ぞうき》がぽつぽつ立っていて、伸びた枝葉が影を落としてもいる。

その岩場の凹凸《おうとつ》に沿い、ほかのどこにもない色――黒を混ぜた赤、一目で血を思わせる鮮やかな色合いのものが広がっていたのだ。

晴れていた空がいつの間にか薄暗くなっていた。雲が出てきている。

俺は息苦しさを感じてあとずさった。

ついさっきすれ違った男の鎌を思い出す。

その刃に血は付いていなかった。

大荷物を持ってもいなかった。

そんなことはだからない。

血は拭《ぬぐ》える。

けれど解体したものは消せない。

ということは埋めたのか。

いや、スコップも男は持っていなかったじゃないか。

じゃあどこかの茂みにでも隠したのか。

俺は息を飲んでその染みに近づいた。

不定形に広がったそれは直径にして二メートルほどもある。見るほどに鮮やかだ。曇天《どんてん》のせいで余計にそう見えてしまうのか。

ともかくその染みはそこにしかなかった。

岩場のほかに滴《したた》り落ちた跡は見当たらない。

仮にこれが何かを解体した跡だとしても、解体したものを運び去った形跡がないのだ。防水性のシートにくるんで運んだという可能性を考えるなら、どうして解体するのもその上でやらなかったのかという疑問が残る。

だからやっぱりそんなことはないのだ。

俺は二度頷いた。最悪の景色は妄想にすぎない。

大体解体したものがどこかにあったとして、そんなものを見たくはない。

よし。ペンキの跡ということにしよう。複数の色を混ぜたような深みがあるし、表面のツヤもそれほどないけれど、これはペンキだ。

さっきの男が、塀か何かを塗ってあまったペンキを不法投棄したのだ。こんな色の塀だって探せばあるだろう。ペンキ缶はそこらの茂みへ捨てたに違いない。くっそう、ひどいことをしやがる。しぜんをなんだとおもってるんだー。

デジカメを取り出した。ディスプレイを覗《のぞ》きながらアングルを決める。正体がなんであれ非日常的な景色は収める価値があった。今度の仕事で使えなかったとしても、ホラー系の仕事が入った時に生きるかもしれない。

姿勢を低くし、空と岩が対比される構図で、赤い色が映《は》えるように撮った。移動しながら計五枚。それから元の道へ戻り、そこでも何枚か撮っておく。木々の配置や風景を忘れても思い出せるように。そしてもう一度ここに戻ってこられるように。そんな予定はなくとも捨てて眼を利かせておくのがプロなのだと自惚《うぬぼ》れて。

悦《えつ》に入ったバチが当たったのかもしれない。

ツチグリは結局その日、ひとつも見つからなかったのだ。

◆

「探せば見つかるはずですけどね」

その日の夜のこと。〆切まで間がある気安さで顔を出した接世書房で流川さんと出くわし、流れから向かった飲み屋で取材の首尾を話すと、そう言われた。

「ツチグリの旬はまだ先ですが、あるところにはあるでしょう。もし食べる気なら、それこそ目当ての場所へ日参して探さなくちゃいけませんしね」

「た、食べる？」

焼酎を飲みながらそうですよと流川さんは頷く。結構飲んでいるのに顔色は変わらず、喋りもいたって普通だ。この人が酒で取り乱すところを俺は見たことがない。

「マリオのキノコなら食べられなくちゃいかんでしょう」

よくよく聞けば幼菌——つまり出てすぐのツチグリは食用になるらしい。東南アジアでは缶詰にされるほどだそうで、日本でも地方によっては食べるところもあるとか。

「いや……俺は食べるつもりは」

「そうなんですか？ これはどうも気を回しすぎましたね。移動して食べられるキノコということでツチグリを取り上げたのだと思ったものですから」

そこでカチンと来た。

食用になると知らなかったとしても、食べられるネタを振られた瞬間に食いつけと言われた気がしたのだ。それくらいの覚悟なくして読者を愉しませる記事なんて書けるかと。

俺は手酌《てじゃく》で満たしたお猪口《ちょこ》を一気にあけた。

「――食べましょう。いや、食べらいでか」

「食べますか」

「食べます。喰えると聞いて喰わない手はないでしょう」

店員に冷酒を追加注文。虚空《こくう》に頷くたび、少しずつ思考が回転数を上げるのが判った。いやむしろ喰えるかどうかが不明でも喰わない手はないだろう。それで死んでも、その敗北は勝利と等価値だ。土管に潜る時、ためらうマリオなど存在しないのだ。

面白くなってきたっ！ やっぱダメだな飲まんと。

やってきた罎《びん》の冷酒をお猪口ではなくコップに注いで呷《あお》る。そこで、流川さんが心配そうな眸差《まなざし》を向けていることに気づいた。

「……えーと、柵馬さん、少し」

「酔ってませんよ」

「かもしれませんが」

「もりもり食べますよ。むしろツチグリしか食べませんよ」

不思議と笑えた。流川さんは何かを言いかけ、諦めて頷いた。

「であれば、さっきも言いましたが、目当ての場所には日参したほうがいいですよ」

「いつ出るか判らないからですか」

「というより、食べるならまだ地上に出てない状態のものを掘って取るのが理想なんですよ。ただそれはその土地に詳しくないとできないことですから、詳しくない素人は、ツチグリを見つけたらその周りを掘るわけです。キノコはまとまって出る傾向にありますから、そうすれば出遅れたやつが見つかるかもしれない」

「判りました。見つかったら山ほど取ってきますよ。流川さんにもおすそわけしましょう」

「そりゃあ愉しみですね」

そこで俺は尋ねたいことを思い出した。昼間に見た赤黒い染みのことじゃない。キノコは動くのにどうしてファイアフラワーは動かないのかという疑問だ。

「ほほう。また興味深い問いですね」

「なぜだか判ります？」

「そうですね。作り手の思惑《おもわく》は判りませんが、これと予想できることはありますよ。キノコを取るとゲームはどう変化します？　マリオはと言い換えてもいいのですが」

「マリオは大きくなりますよね。一度敵に当たっても小さくなるだけでミスにはならず、ブロックが壊せるようになって、キノコが出るブロックからフラワーが出るようになります。あとは……しゃがめるようになるとか？」

「そうですね。あとひとつ、スコアが増えるというのもあるんですが、ともかくそれらはいいことだらけですか？」

「えっ」

「ブロックを壊せるということは、間違って壊してしまう可能性があるということでしょう。下から敵を叩くことが一回しかできないということでもある。失敗すれば空けた穴から敵が落ちてきます。ちびマリオのうちは敵を下から叩くことに繰り返し挑戦できるのに、大きくなるとより慎重なプレイが求められるというわけです」

「確かに、叩くのをミスってハンマーブロスに踏まれた経験は数知れませんね」

「また大きくなれば敵の攻撃を避けにくくなり、狭い隙間《すきま》に入りづらくもなる。一マスの空間はもちろん、二マスの空間へジャンプで入るのにも微調整が必要になるでしょう」

それもそのとおりだった。躰《からだ》がブロックにひっかかって穴に落ちるなんて経験も無数にしてきた。キノコを取るのはいいことばかりじゃないというわけだ。

まさに現実のキノコと同じように。つまり――

「キノコが逃げるのは、プレイヤーに取得を選ばせるためだと？」

「だと思いますよ。キノコを出しても、追いかけなければ消える。まあ、土管に当たって戻ってきたりと例外はありますが、大部分は取らなければ消えてくれるんです。フラワーのように居座って道を塞《ふさ》いだりしない。逆にフラワーが動かないのは、スーパーマリオからファイアマリオになることにデメリットがないからだとも考えられます」

「単に色が変わってファイアボールが撃てるようになるだけだからと」

そのとおりと力強く流川さんは頷く。

「不本意なことがあるとすれば、Bダッシュをする時にファイアボールが一発暴発してしまうくらいでしょう。それだってプレイヤーの不利になるようなことではない。ファ、ファ、ファイアフラワ、ワーは出たら迷わず取っていいもの、取るべきアイテムなんですよ」

◆

翌日、俺は再び例のハイキングコースに向かった。

昨日から引き続き空は薄曇りで、降水確率は五〇パーセント。湿度が高く、空気はぬめっとしていた。ものの本によれば、キノコが地上に出るにはなんらかの刺激が必要らしい。雨や雷、地震といった直接的なショックだけでなく、湿度がきっかけになることもあるそうだ。ならば少しはツチグリ発見の期待ができるかもしれない。

もちろん目的はそれだけじゃなかった。

ファイアフラワーは出たら迷わず取るべき。

そんな流川さんの言葉が耳に残っていたのだ。聞きながら俺は、語らずにいたあの赤黒い染みを思い出したのである。デジカメには収めたものの、俺がやったことはそれだけ、ただ見ただけだ。記念でも血液型を調べる目的でもいい。染みが付着した石をひとつ持ち帰るという発想さえなかった。それを暗に責められた気がしたのである。

ファイアフラワーを取り損ねたみたいに。

流川さんならきっとサンプルを採取したに違いない。損得計算以前に、そのほうが面白いだろうと。比べるにまだまだライターとして覚悟が足りないのだ俺は。

デジカメのディスプレイに昨日の風景を表示させ、場所を確認した上で茂みに入った。昨日の今日なのでぼんやり覚えているけれど、道に迷いたくはない。

昨日の岩場が見えてきた。覚えているのと同じ――

同じ景色のはずだった。

けれどそこには何もなかった。

岩場の凹凸に沿い広がっていた不吉な染みが影も形もないのだ。

足が震えた。どうしてと問うより先、残念でしたーという声を聞いた気がした。

いや待て。そんなことがあるわけない。

「おかしいだろ」

呟いて岩場にしゃがみ込む。記憶で染みのあった場所を調べてみた。だが岩は岩、ゴツゴツしたその表面はずっと前からそうだったようにくすんだ色合いで乾いている。軍手をはめた手で撫《な》でても、微《かす》かな埃《ほこり》が舞うばかりだ。

もし——

もしも俺が見たものがペンキなら、こんなふうに消すことはできない。シンナーを使っても駄目だろう。岩には細かい穴が無数にあるから染み込んだ跡が残るはず。どうしても消したければ岩場ごと削り取るしかないが、そんな形跡もなかった。染みがあったはずの場所には、うっすら苔《こけ》や地衣《ちい》類さえ生えているのだ。

だとしたら残る可能性は——

「俺がバカってことか」

道を間違えたのだろう。それしかない。

デジカメの画像と記憶を頼りに道を選んだとはいえ、ハイキングコースは単調な景色が続いていたし、似たような岩場もほかにあるはず。そう思って俺は元の道に戻り、念のために茂みの草を縛って印を付けてからコース入口まで戻った。そして改めて昨日どう動いたかを思い出しつつ道をたどり始めた。

そして数時間後、同じ岩場に戻っていた。

「なんでだ……おい」

目当ての染みはどこにも見当たらなかったのだ。

ハイキングコースは時折舗装道を横断しながら続いており、赤い染みのあった岩場が存在する可能性のある区画は限られていた。俺は頭に地図を描いて茂みに入り、灌木《かんぼく》や背の高い草を掻き分けながらコースと並行するように歩いてみたのである。結果、似たような岩場はほかに三箇所ほど見つかった。けれどそのどれにも染みはなく、そもそも記憶の景色やデジカメの画像と一致しなかったのだ。

結局、いちばん最初に訪れた場所がもっとも近いことが判ったただけだった。

どういうことだろう。昨日の今日だ。記憶違いにも限界があるし、岩場のほうが変わってしまうにしても時間がなさすぎる。

こんなこともあると普段なら言えただろう。記憶と違う経験なんて街を歩いていてもよく出くわす。あるはずのポストが消えていたり、ローソンだと思っていたものがファミリーマートだったり。通りを一本間違えて、しばらく気づかずにいることもしょっちゅうだ。今度のもそうだと考え、気にしなければいい。そうできなかったのは、探っているうち流川さんの言葉を思い浮かべてしまったからだ。

ファイアフラワーは出たら迷わず取るべきという。

もしかして、取らなかったから消えてしまったんだろうか。俺が画面をスクロールさせたから、フラワーは消えてしまったのか。

いや、それだったらもう一度同じ場所で見られるはずだ。

だったら俺がスーパーマリオじゃないから、まだキノコを取っていないからか。

だからフラワーが現れないのか。

「……はは」

別に昨日だってキノコを取っていたわけじゃない。探してはいたけれど。

それでもそう考えると笑えてくる。現実をゲームに準《なぞら》えたって意味はない。ないのだけれど、その空想は俺に本来の目的を思い出させてくれた。

ツチグリ探し。

気づけば時刻は午後三時を回っている。かなり時間を無駄にしていた。空模様もいよいよ怪しげだ。もう一度、道端を探りながら歩いてみることにする。

だがやはりツチグリは見当たらない。

コースの入口に戻り、そこにあったベンチで休むことにした。言い知れない敗北感がこみ上げてくる。ツチグリが見つからないこともそうだが、染みの件も大きい。心構えが足りなかったせいでチャンスを逃したのだと思う。

デジカメの画像を呼び出した。赤黒い染みは見間違いなんかじゃない。気味悪いくらい鮮やかな赤。不自然な色が確かに保存されている。

それがどうして一日で消えてしまうのか。

あったことは確かなのに、もうない。

場所は最初に訪れた岩場であっていると思うのだけれど——

ざざ、と跫音《あしおと》が聞こえた。

顔を上げると、どこかで見た風貌の影が歩いてくるのが見えた。俺の前を横切りハイキングコースへ入っていこうとする。その手にあるものを見て思い出した。

昨日、コースですれ違った男だ。同じ麦わら帽子と鎌だったのである。

俺は思わず立ち上がり、話しかけていた。

「あの――」

あによ？　という顔で男は振り向く。慌てて俺は用件を考えた。

「えっと、その――ここいらでツチグリとかって見ませんかね」

「ツチグリ？」

「変わったキノコなんですけど、丸くて、皮がこう、ぱかって開いたり閉じたりする」

「あー、ツチガキかい？」

「そうだと思います。ちょっと探しているもので」

「あれが出んのあ、もうちょい暑くなってからじゃねえか。まあ小さいんでも良けりゃ」

ほらと男は俺の足元を指差した。見ると、ベンチの陰に黒い玉のようなものがいくつかあった。それぞれ大きさが違う。平均すれば二センチほどだろうか。

「そいつがそれよ」

「……これが？」

「おおよ。まだ開いてねえけどな」

しゃがんで触ると、簡単に地面から離れた。外皮がむけていないどころか、割れ目さえない。指先で押すと中が詰まっているのが判った。

「割れる前はそんななんだよ」

「……そうなんですか」

礼を言うと、男は鎌を一振りしてハイキングコースに消えた。

見つけてしまえばどうってことはない。俺は皮が開いた状態のものばかり探していて、開く前のボール状のものは意識していなかったのだ。それに、もう少し大きくて目立つものだとも考えていた。もしかしたら、これまでも視界には入っていたのかもしれない。それと知らずに見過ごしていただけで。

やっぱり知っている人間に聞くと早いなと思う。

早すぎて、本当にそうなのか疑わしく感じるほどだ。

試しにひとつをナイフで割ってみた。ただの泥団子とか動物の糞、木の実の可能性を疑ったのだけど、断面は白く、生のドングリより柔らかい。情報どおりの姿だ。

そうなると、もうひとつ試してみようという気になった。

皮を厚くむき、白い中身を口に放り込む。少し勇気が要ったけれど、噛んでみれば嫌な味が広がるわけでもない。柔らかい歯応えにほのかな甘味があるか。

まあ、あまり美味いものじゃなかった。

それでも自分で採取したせいか、ちょっと面白く感じる。少し感動さえしたかもしれない。照れ隠しに笑ってしまったくらいだ。

いいフリだった。

その夜、俺は腹痛に襲われたのだ。

◆

「ある意味、期待どおりだよなあ……」

敷きっぱなしの布団に寝転び呟いても、皮肉で気を紛《まぎ》らわせることは難しかった。腹が鈍く痛んでいるのだ。脂汗が滲《にじ》むほどの激痛ではないせいで、この野郎と立ち向かう気にもなれない。静かにテンションが下がっていく感じだ。

一応ネットで毒キノコを食べた時の症状などを調べてみたが、吐き気もなければ、下痢が止まらないわけでもない。指先に痺《しび》れが現れたりするわけでもなければ、顔が張ったり、黄《おう》疸《だん》が出たり、幻覚が見えるわけでもなかった。

おそらくただの食あたりだろう。原因は昼間食べたツチグリしか考えられない。表面に悪い細菌でも繁殖していたのかもしれない。洗いもせず手づかみで食べたのだ。ツチグリに責任があるわけじゃなかった。だから――

「……ネタにはなる」

独り言をこぼしても返答はない。部屋には一人暮らしの気安さと不安が半々に満ちていた。誰かに文句を言う気もない。選んで一人なのだ。明日は何もしない日にしようと決めたところで、誰に文句を言われることもない。それにしても二十六歳だ。

舌打ちがこぼれる。普段ならどうってことない事実が、気弱になっているせいで重たかった。考えは止まらない。じっとしているぶん倍の速度で回る気さえする。まだまだ焦る歳じゃないさと、いつもの被害妄想遊びが仮想敵を自身に想定し始まっていた。

それらを宥《なだ》めるように思う。大丈夫。大丈夫だと。

俺は好きに生きている。

不満はあるけれど、どれも許容範囲だった。目指すべき相手、姿勢を見習い、いつかは並んで、最後には勝ちたいと思える人がいるのだから。

確かな目的があれば、障害は愉しみながら挑めるものだろう。

この腹痛もそう。食べられると言われたキノコを前にし、食べないなんて許せなかった。あの染みを見失ってしまったことで、これからもフリーで売文を続けてゆく覚悟を問われた気にさえなっていたのだ。ガキっぽい負けん気とも思うけれど、よく考えれば子供のころはもっと醒《さ》めていた。人より損をするのが嫌いで、熱くなることが嫌いだった。集団から外れるのが嫌で、平均から離れるのが嫌だった。

今とはまるで逆だ。いつの間にこうなったんだろう。疑問に感じ、けれど変わったことを悔やみもしていない。腹痛で気弱になり、昔を思い出してしまうことはあっても。

まあ、変わったことに理由があるなら、感動してしまったからだろう。他人が書いた文章に、そこで展開された言説に、やがて導かれた結論に。一度感動してしまえば、他人を感動させたいと思うようになるまではあと半歩だ。

それでも腹痛は腹痛。宝物のように考えられはしなかったのだけれど——仮に死んでも理不尽《ふじん》の結果ではないと思うことはできた。苦しみはネタになるし、死んだら死んだでまた別の誰かのネタになってくれるだろう。

きっと流川さんならそう考えるはずだ。

残り半分の二十代で、どこまであの人に近づけるかは判らない。憧《あこが》れているうちは追い付くことも無理だと思う。嘲《あざけ》り、殴り倒し、踏みつける気概《きがい》がなくてはいけないとも。

まあ希望はある。動いていればネタを拾うこともあるのだ。すでに俺はツチグリを手に入れて食べた。生えている場所が判ったんだから、しばらくすれば皮が開いた状態のものを見つけることもできるだろう。それが転がるさまを記録するのも簡単だ。

とりあえず記事は完成させられる。〆切まで間がある今、そういう気分でいられるのはありがたかった。素直に休むのもありだろうけど、腹痛を抱えていても頭は動くのだ。気力が落ちても体力はある。そのあまった体力で考えた。

記事のクオリティを上げるにはどうしたらいいだろう。

やっぱりあの赤い染みを利用すべきか。

画像はデータで残っている。そして俺は、やはりあの岩場から染みは消えたのだと考えていた。ならばとりあえず問える見出しにはなる。

どうして染みは消えたのか。

それらしい理由が見つけられれば、ネタがもうひとつできあがる。特集には盛り込めないかもしれないけれど、使えるものなら使いたい。

場所を勘違いしてなかったとしたら、どんな手段で染みは消えたのか。

たとえば透明のシートを敷いておいて、その上にペンキをぶちまければ、片付けはそのシートを剝《は》がすだけで済むだろう。

また逆の理屈で、二度目に見た時には岩場とそっくりなカバーが被せられていたとも考えられる。つまり赤い染みはずっとそこに、おそらく今もあり、隠れているだけだと。もっともこちらの案にはカバーが現場に残り続けるという難点があった。

使われたトリックはこのどちらか、ないし亜流だろう。

とにかく、作り出すことが不可能な景色じゃない。

あとはどんな物語を用意できるかだが、それこそライターの腕の見せどころだ。

◆

「そう思うんです」

「立派な覚悟だと思いますよ」

流川さんの反応は皮肉気ではなかった。その手には俺が渡したデジカメがあり、ディスプレイには例の画像が表示されている。

それでと流川さんは続けた。

「どういう物語を用意したんです？」

「サスペンスにしようと思ってます。何者かが誰かを殺して、解体場所に彼《か》の地を選んだのだと。屍体の解体を済ませ、後片付けをしようとしたところに俺が現れたので、とっさに隠れたのだというような」

「それはそれは、危ないところでしたね」

「ええ。解体したものまで目撃していれば見逃してもらえなかったでしょうからね。とにかく俺が去ったあとで、何者かは岩場を綺麗にし立ち去ったというわけです」

「今説明した、なんらかのトリックを使って？」

「はい」

なるほどうーんと流川さんは唸る。

場所は接世書房。腹痛の回復後、早々にツチグリの記事が書き上がりスケジュールに余裕ができたので、ほかに仕事があればありつこうと喰い気味に編集部へ顔を出すと、またもや流川さんと遭遇し、俺は取材の首尾を話したのだった。世間話のつもりで。

「それはそれで面白い話になると思うんですが——」

流川さんは画像を見ながら言葉を切る。何か心当たりがあるみたいに。そして不安を感じた俺に言ったのである。マリオはジャンプする時に片手を挙げるでしょうと。

そうして冒頭の会話に繋がるわけだ。

◆

「……俺が見たものがそれと似ているっていうのは」

「マリオが挙げる手は、プレイヤーにブロックを叩こうとする意思がある時、力の込められた拳になるわけでしょう。つまりグラフィックに意味付けをするのは見る側なんです。それと同じことがこの赤いものにも言えるかと」

ピンとは来ない。首を捻《ひね》る俺に流川さんは、もうひとつありませんかと付け加えたのだ。もうひとつ？　消える理由が。ええ。

「空中に拡散した、という」

「蒸発したっていうんですか。でも当日は晴れていなかったし。湿度も高かったんですよ。風はありましたけどね。あんなに濃い色のものが蒸発したら跡だって残るはずで——」

「蒸発ではなく拡散ですよ」

意味が判らない。液体なら拡散という言葉を使うのはおかしいだろう。

……液体なら？

「——もしかしてこの赤いの、液体じゃないんですか」

「おそらくは。これだけの写真で断定することはできませんが、一晩で消えたというならまず間違いないでしょう」

「……一体なんなんですこれは」

流川さんはさらりと告げた。

「変形菌ですよ」

「へんけいきんって……えっ、菌なんですかこれ？」

「菌の範疇《はんちゅう》かどうかは専門家じゃないので判りませんが、胞子で増えるところは菌に似ていますね。この画像の状態ならアメーバと呼ぶのがしっくり来ます。普段は土の中にいるんですが、環境に栄養が足りなくなるとこうして外に出てくるのです」

「餌を探すために？」

「あるいは胞子を飛ばすために」

「このべたべたしたやつが胞子を飛ばすんですか」

「このままではありませんよ。キノコと同じく子実体《しじつたい》を作るのです。そうなると乾いて色も変わります。大抵の変形菌にはホコリカビという名がついているんですが、その名にふさわしい埃っぽい姿になり、胞子を飛ばすわけです。すべての核が残らず胞子になるらしく、風に飛ばされたあとはほとんど何も残らないのですよ」

そういえば染みを見失い岩場を探った時、土埃のように舞うものがあった。

あれは胞子の残りだったのか。

――――

笑い出したい気分になった。

　俺が見たものは犯罪行為の痕跡などではなく、誰かのいたずらどころか、人の仕業ですらなかった。単なる生命活動なのだという。一体あの右往左往《うおうさおう》はなんだったのか。

「……はあーあ」

「まあそう気を落とさずに。変形菌は綺麗な色をしたものが少なくないんですが、これだけ鮮やかでサイズの大きなものは珍しいですから」

「慰《なぐさ》めはいいですよ。——でもよく知っていますね、そういうこと」

「アンテナの感度と本数は仕事の首尾に直結するのでねえ」

「なるほど」

　知らないことは罪なのだ。少なくともライターにとっては。でなくては、何がネタになり、何がならないのかも判らない。

「俺はまだまだ修業が足らないですね」

「まだ若いじゃありませんか柵馬さんは」

「もう二十六ですよ」

　すると流川さんはあははと笑って言った。

「マリオと同い年ですね」

「……え？」

「任天堂の公式設定ですよ。もちろん厳密なものではなく、二十六歳くらいということらしいんですが」

俺はなんとも答えられなかった。ショックを受けていたのだ。やる気や元気がなくなるとかではなく、ただショックを。マリオがそんなに若いと思っていなかったから——じゃない。比べることができるくらい歳が近くなっていたこと、これからは歳を追い越すことになるという現実が意外すぎたのだ。

子供のころ出会ったキャラと同い歳になる。そんな経験は今まで散々してきたのに、ここまで衝撃を受けることはなかった。出会った時に歳が離れていたキャラだからだろうか。それとも俺がまったく成長していないせいか。

いいや、やっぱりマリオだからだろう。

彼の挙動はもうずっと俺の一部になっているのだ。

指先が神経に、画面内のキャラが自分の延長となる。優れたゲームにはそういう作用がある。スーパーマリオのステージ1−1を眺めれば、全世界で何千万という単位の人が懐かしさを感じるに違いない。国も人種も言語も関係なく。

それはほとんど故郷と同じ。遠くに在りて想うふるさと。世界のどこより人口密度が高く、どこにもないくにだ。

「どうしました柵馬さん」

「あぁ、なんか判ってきましたよ俺。書くべきものが」

具体的な文章は浮かんでいないのに。いくらでも書けるような気がした。どんだけ子供の時触れたものに頼るんだと思わないでもないけれど、ライターなんてこんな気持ちがなくちゃやっていられない。

ああ幸いだ。冥《みょう》利《り》に尽きる。

この気持ちを読み手に伝えられれば、絶対面白くなるぞ。

仕事である限り虚《むな》しさを感じることもあるだろう。けれどこの想いを忘れなければやっていける。勢いやタイミングだけじゃない、愉しくてやっている俺がいる限りは。現実でジャンプする時にすら、心のAボタンを押している俺がいる限りは。

だってそうだ。

掲《かか》げた拳はブロックを叩くだけじゃないのだから。

いつかは旗も摑《つか》まなくては。

残響ばよえ〜ん

初恋の話をしよう。

なんて切り出してみたところで、事実それが初恋だったかどうかは疑わしい。

だって僕は今、彼女の下の名前も覚えていないのだ。

中学の三年間、同じクラスにいたっていうのに。

その日々から十年以上が経過したとはいえ、当時の友人の中には、今もちょいちょい会うやつもいるっていうのに。

そして何より、今も忘れず記憶に留めているっていうのに。

当時、僕は彼女のことを「ミズシロ」と名字で呼んでいたけれど、それにしたって今考えれば、ミズキ——水城というのが本当だったようにも思うのだ。同級生があだ名で呼んでいたのに倣《なら》っただけなのかもしれない。もしそうだとしたら、僕は彼女の名前どころか名字まで忘れていることになる。

いや、初めから覚えてもいないというのが正しいか。

どうしても確かめたいなら、今も実家のどこかにある中学の卒業アルバムをめくればいい。そうすれば下の名前だって判るだろう。けれどなんだかそれも億劫《おっくう》で、彼女のことをたまに思い起こすことはあっても、それ以上のことはなかった。

どうしてそんな想い出が初恋になるのか。

それが初恋じゃなかったら、僕は一度も恋をしたことがなくなってしまう、それじゃあまりに寂《さび》しいだろう——なんていう想いが正直なところだ。

まあいい。話を続けよう。

ミズシロは少しおかしな女の子だった。

まっさきに思い出すのは、衿足《えりあし》はきちんと揃えているのに、瞳《ひとみ》が隠れるくらい前髪を伸ばし、いつも伏し目がちにしているその仕草だ。表情の変化に乏《とぼ》しくて、物静かに窓から外を眺めていた姿を付け加えてもいいかもしれない。

性格はどうだったんだろう。最後まで僕は摑《つか》みかねていたけれど、内気ではなかった。むしろひどく頑固な一面があって、誰に対しても——教師相手でも逆らうことがあった。

たとえば家庭科の調理実習でのこと。

火加減を間違えたのか、ビーフハンバーグを漫画のキャラがやるように黒こげにしてしまい、班の仲間や教師からもう捨てるしかないと言われたのに、従わないどころか返事もせず、無言でもぐもぐ食べてしまったり。

またはは美術の授業であった校外写生で、それはそれは紅葉《こうよう》の見事な公園に行ったのに、クラスで一人だけ、晩秋の透明な空を電信柱と電線が切り刻んでいる無人の景色を描いていたり。アクリル絵具で彩色し完成したその絵は陰影を巧《たく》みに使い世界を表現していて、市だか県だかから表彰されたはずだった。

さらには修学旅行で東京駅《とうきょうえき》に集まった時のこと。行き先は仙台《せんだい》かどっかだったので、東《とう》北本線《ほくほんせん》に乗るため上野駅《うえのえき》に向かわなければならなかったのだけれど、遅刻したか何かではぐれ、東京駅で一人になったミズシロはなんと中央本線《ちゅうおうほんせん》に乗り、たった一人で松本城《まつもとじょう》のスケッチをして帰ってきたり。

その手のエピソードはほかにもいくらでもあった。けれど、いわゆる妄想癖の入った不思議ちゃんとは違っていたようにも思う。妙に筋金入りな感じがしたのだ。わざとやってるなら寒いが、そう思わせないものがあったというか。

そんなだから女子の中でも浮いていたと思う。誰かと親しげに話してた記憶はない。いじめの対象にもなっていなかったはず。

仲間外れというより、敬遠されていたような。

そんなところに僕は惹《ひ》かれていた――とも言いがたかったりする。

一目見た時からとか、教室で毎日顔を合わせているうちに自然とみたいなエピソードもない。なんせ中学生だ。ちょっと女子と話しただけで友達から軟弱者に思われてしまう。クラスに一人はいるだろう普通のおかしなやつだと思っていただけで、僕はミズシロのことを好きとか嫌いとか、そんなふうに思ってはいなかった。

レンタルビデオ屋で会うまでは。

いや、ビデオを選んでいる時に会ったわけじゃない。

今ではそんな印象もないだろうけど、僕が子供のころ、アーケードゲームの筐体《きょうたい》はゲームセンター以外にも結構置かれていたのだ。駄菓子屋の店先やデパートの入口、本屋の片隅、カラオケ店やボウリング場など。そういうところにあるのは最新の機種ではないのだけれど、別段こだわらず遊んでいたように思う。

ゲームセンターでございい、というようないかにもな雰囲気——画面への照り返しを嫌って照明が暗かったり、煙草の煙が充満していたり、天井をむき出しの配管が走っていたり、地階にあったり、ストⅡの筐体がボコボコにへこんでいてボタンの半分が利かなかったりする店には教師が見回りに来るので、そういう、とりあえずデッドスペースを潰すため筐体を置いてます的な場所も押さえていたのだ。

当時の僕が通っていたのは、近所のレンタルビデオ屋に設《もう》けられた細長いスペースだった。

筐体は十台もなかったんじゃないだろうか。中学入学から通い始めて高校一年の夏に店が潰れた覚えがあるから、四年くらい通っていた計算になる。ゲーム仲間と遊ぶ時は本式のゲーセンに行っていたので、そこへ行くのは大体一人の時だった。

それが放課後だったか、日曜日だったかは覚えていない。

いつものように狭いスペースに置かれた対戦台で格ゲーをプレイしていると、乱入者があった。ゲームのタイトルはなんだったろう。筐体はネオジオだったように覚えているけれど、餓狼《がろう》かワーヒーか龍虎《りゅうこ》か、そのへんの記憶は曖昧《あいまい》だ。

客があまりいない店だったので、操作音はかなり響く。熱くなってるとそんなことにも気づけないから、負けそうなやつは操作が荒くなってよりいっそう音が大きくなる。けれどその時はずっと静かだった。それを不思議に感じたことを覚えているので、初戦は僕が勝ったのだろう。相手はすぐまた乱入してきて、そして僕は負けたのだ。

僕は席を立ち、向かいに回って相手を見た。

それがミズシロだったのである。

彼女はなんとセーラー服姿だった。でなければ僕だって自分を負かした相手をまじまじと見つめたりしない。見慣れた制服だから気になったのだ。

一方僕は、青地にエメラルドグリーンのラインが入った学校指定のジャージを着ていた。

これは断言できる。当時は平日の登下校はもちろん、日曜祝日まで終日ジャージで通していたからだ。僕がとりわけ面倒くさがりだったわけじゃなく、母校ではそれが普通だったのである。おかげで中学卒業後、私服がなくて困ったほど。

僕はミズシロがそこにいることを知り、どう思ったのか。

中学生男子がクラスの女子と学校の外で顔を合わせたら気まずくてしょうがない。話題だってないだろう——普通なら。

けれどその時は別だった。同じゲームをしていたのだから。

なんとはなしに去りがたい気分で、僕は多分、ミズシロのプレイを後ろで眺めていた。そのゲームが終わったところで声をかけたのも、僕からだったのだろう。

「ミズシロだよな」

「……………」

彼女は僕を見て何も言わなかった。前髪に遮《さえぎ》られて、けれどまっすぐな瞳を向けたまま無言なのだ。変な威圧感があった。

知らなかったよと沈黙に急《せ》かされて僕は続けた。

「ゲームやるんだなあ」

「……別に、普通」

普通じゃないように思えた。手合わせすれば程度は判る。ミズシロはそれなりにやれる腕前だった。それでもいきなりゲームの話を振るのはためらわれる。そうでなくともクラスで浮いている女子なのだ。

僕はその時、じゃあなさえ言わずに店を出たと思う。君子危うきに近寄らず、なんて上等なものじゃない。単なるやりすごしだ。

翌日の教室でも、ビデオ屋で会ったことを話すどころか、視線さえ合わせなかったはずだ。たまたま遭遇しただけでそれ以上のことは何もない。また同じ場所で会うこともないだろう。見かけても、向こうがこっちを避けるに違いないと思った。

ところがそれから僕はそのビデオ屋でちょいちょいミズシロと会うようになった。

というか、ビデオ屋へ行けば半分くらいの割合で出くわすようになったのだ。少し喋《しゃべ》ることもあれば、手を挙げあってそれきりの日もあった。その時々、自然に付き合えてたのだと思う。気負いなく普通に遊び先で会う友人だと。

そんなだから大抵はそれぞれ好きなゲームを遊んでばらばらに帰っていた。話をすることはあっても、ゲームについてではなかった。する意味もなかったというか、さっきも書いたけれど、ビデオ屋のゲームコーナーに最新のゲームはない。当時はそれでも家庭用のものとは比べられないグラフィックが見られたのだけど、女子相手にゲーム話をするような空気の読めなさは、当時の僕にしても持ってなかったということだ。

話す内容は学校のことが多かったように思う。

他人の噂話や行事の愚痴《ぐち》、教師の性格や宿題のあれこれ——色気のある話題はなかった。ただ、そういうあたりさわりのない話をしていても、ミズシロのおかしな部分は受け答えのすれ違いみたいな形で現れて、僕をとまどわせることがあったように思う。

ビデオ屋から出てどうこうということもなかった。

いや、一度だけあったか。ちょっと離れたところのゲーセンで遊んでみようという流れで、連れだって自転車を漕いだ記憶がある。妙な居心地の悪さがあって、ミズシロも同じだったらしく、そういう試みはそれきりになったはずだ。

適当に会って、適当に話して、適当に別れる。

そんなことが続くうち、ちょっとずつ僕は彼女のことが気になっていったのかもしれない。

ほかの仲間と話す時、それとなくミズシロのことを尋ねてみて冷やかされたこともあったような。冒頭で挙げた彼女についての噂話は、そんなふうに集めたものの中で比較的信憑性《しんぴょうせい》があると感じたものだったりする。

けれど今、さかのぼって考えてみても、その時の僕の気持ちは遠すぎて、何ひとつ自分のものとして思い出せない。

確かなのは、僕たちのコミュニケーションはビデオ屋に限られていたということと、もうひとつ、いちばん多く対戦したゲームのタイトルだ。

それはぷよぷよだった。

誘ったのは多分、僕からだ。なんで誘ったかというと、かわいらしいキャラが出てくるから女子と遊ぶにはぴったりだろう――と思ったからでは全然なく、格ゲーではミズシロに勝ち越せなくなっていたからだった。出会った時から少しずつ僕の勝率は下がり、ついには三割くらいになってしまっていたのだ。

今考えると、三割で勝てる相手ならかなりの好敵手である。やってて真剣になれる、いちばん楽しめるくらいの相手だろう。けれどそれは今だから言えること。当時、僕の月の小遣いは三千円。遣える額は一日あたり百円の計算だ。少ない小遣いをはたいて遊んでいる中学生の僕は、やっぱり勝ちたかったのだ。

言い換えれば、ぷよぷよでなら勝てたのである。

といって、別に僕がぷよぷよを得意にしてたわけではない。

具体的に僕の腕がどれくらいかは、別ページに掲載されている零細《れいさい》ゲーム誌対抗ぷよぷよ大会の模様に委《ゆだ》ねたいが、胸を張れるレベルでないことだけは確かだ。連鎖《れんさ》はいつもフィーリングだし、積み方が速いわけでもない。よくミスもする。なので単に、ミズシロがぷよぷよを苦手にしていただけなんだろう。

ただ、あの手の落ち物パズル全般を苦手にしていたというわけではなさそうだった。そのビデオ屋にはセガ版テトリス（猿が操作説明をしてくれるあれである）もあったのだけれど、ミズシロの操作はかなり正確なものだった。ボタンがひとつしかなく左回転しかできない操作で、カカッと華麗に棒ブロックを寄せていた姿を覚えている。

ゲームにつきあってくれるだけではなく、プレイの巧い異性となると本当に貴重だ。それだけで記憶に残るものだろう。けれどミズシロのことを今も覚えている理由はまた別にあった。ほかならぬぷよぷよに絡むエピソードとして。

最後の日のことだ。


「どうして、ぷよって柔らかいんだろ」

ミズシロはそう呟《つぶや》いた。

僕の勝ちで終わった勝負のあとのことだ。どこか虚《うつ》ろな、けだるい感じの問いだった。ミズシロはよくそういう喋り方をするのだ。

僕は深く考えずに答えた。

「おいしそうに見えるからじゃね？」

「グミとかゼリーみたく？　そかなぁ」

あんま好きくないけどと言って黙り込む。これもよくある反応だった。

そして僕は珍しくものを考えたのだと思う。

冬の終わり、卒業式も間近に迫った暖かな日のことだった。

二人とも進学先を決めていて、僕は私服だった。高校が決まった以上もうジャージ姿じゃいられないとでも考えてたのだろう。ミズシロも私服だった。確か、鮮やかな赤色のセーターを着ていたと思う。そういう目立つ色の服をミズシロが着るとは思っておらず、意外だったので覚えているのだ。何か意味があるのかなとさえ考えたかもしれない。卒業が近いからおめかししてるのかなあなんて。

なんとなく僕は言った。

「もうすぐ卒業だなぁ」

「だねー」

「高校生だよ。——なんも想像つかねーけど」

「すぐ判るって」

「そうなぁ」

今にしてみれば噴飯《ふんぱん》ものだが、僕はその時、中学の三年間はあっという間だったなあなどと考えていた。それからあと、どんどん時の経つのが加速してゆくなんて思いもせず。

　ふっとミズシロが口を開いた。

「途切れず大人になってくんだよ」

「……え？」

「ずうっと続いて、大人にさ。いきなりぱぱっと変わったりはしないんだよねきっと」

「ゲームの画面みたくは？」

「うん」

　目の前の筐体ではデモ画面が流れている。レバー操作なしにぷよが動き、積み重なり、また画面が切り替わっていく。ぱっぱっと休みなく。現実とは違って。

　判らないけどとミズシロは続けた。

「きっと大人になったら、もっと変わらなくなるんだと思うよ。まだ学校があるぶん、子供の時のほうが色々変わる感じがあるんだと思う」

　そうかなと僕は思って言った。大人のほうが色々なことがあるじゃないかと。

「仕事とか結婚とかさ。自分の子供だってできるかもしれないし」

　返事がなかった。

　そういうタイミングだとも思わなかったので、僕は気になりミズシロを見た。

彼女は——目を閉じていた。

前髪に隠れがちな両目を、何かに堪《た》えるみたいにきつく。

時間にして一秒もなかったろう。瞼《まぶた》を開いた時、辛そうな表情はどこにもなかった。口元には微笑さえ覗《のぞ》けていた。

そしてミズシロは言ったのだ。それこそ判らないよと前置きして。

「あたし、子供は産まないし、きっと結婚もしないから」

えっと尋ね返した時には、ミズシロは1P側の席に着いていた。なんだそれとその背に尋ねると、振り返り、いっそう笑みを深くして言うのだ。

勝負しよ。ひとつ賭けてと。

「——賭け？」

「そう。負けたほうが自分の秘密をひとつ教えるとかどう？」

「秘密って……別になぁ」

渋《しぶ》る僕に、なんでもいいしと彼女は言った。

「勝つ気なら言うこと決めとかないのも男らしくない？　負けてから決めなって」

そう言われれば断れない。ミズシロの話す秘密にも興味があった。

もちろん、その前に呟かれた言葉にも。

僕は2P側に着席した。

コインを投入するとSEが鳴り、スタートボタンでゲームは始まる。

いつもの流れだった。

そして負けたのだ。

いいわけをさせてもらうと、この時にはもうぷよぷよでの勝率は五割近くになっていた。

それなりに長くやってきたので、ミズシロも上達していたのだろう。

もう少し説明すると、僕らがやってた初代AC版ぷよぷよには、おじゃまぷよの相殺《そうさい》というシステムがない。なので六連鎖以上を作る必要がなく(時間がかかるので作るべきでないとさえ言える)、五連鎖を作ったあとは、ぷよを回転させまくって自陣に振るおじゃまぷよの落下を遅らせるのが基本戦術という、今からするとかなり大味なものだった。

さっきも説明したように、ミズシロは操作がまずいわけじゃない。ぷよを積んでいく速度は終始僕を圧倒していたように思う。なのにその積み方が雑というか、孤立ぷよがどんどん出るような積み方をしたり、ひどい時には連鎖のトリガーになる色を間違えるミスをやらかすのだった。そのミスのぶんだけ僕にアドバンテージがあったわけだ。

それがこの時はまったくなかった。

勝負はミズシロの二本先取で終わったのである。

まるで、今までのプレイは全部手加減していたのだと言わんばかりに。

自分で振っときながらよっぽど秘密を喋りたくなかったのか。今ちょっと悔やまれるのは、この勝負の最中、ミズシロがどんな顔をしていたのかを見ておくべきだったということだ。そんな余裕があるわけなかったというのはおいておいても。

ともかく勝ったミズシロは、ぽつりと呟いたのである。どっちに転んでもいいようにしとくのもあれだなあ、と。

「勝っても負けても、転ばなかったほうが気になるよ」

「何言ってんだ？——あー、くそっ！」

僕はコンパネをひっぱたいた。かなり悔しかった。僕の頭にも、負けていい勝負じゃなかったって想いがあったのだ。

愉《たの》しそうに笑い、ぐっと伸びをするミズシロは、やっぱり寂しげな、けれど清々しい表情をしていたはず。いや、実ははっきりと思い出せなかったりする。今でも思い出せる彼女の姿は、やっぱり愁《うれ》いを帯《お》びた、けれど透《す》きとおった瞳のものばかりだ。

ミズシロとの想い出話はこれで終わりである。

そのあと、僕らはいつものように別れた。卒業式までの何週間かは学校でも顔を合わせたけれど、外で会うことはなかった。僕はそれからもビデオ屋に足を運んだけれど、ミズシロが現れることはなく、そのまま彼女は僕の想い出になったわけだ。

そしてそうなってから、ようやく僕は彼女とのゲームを愉しんでいたことに気づいたのだった。男の友人と遊ぶのとはまた別の、色々な予感を含んだ愉しみだったんだなと。

それを取り戻すには、卒業まで時間がなさすぎた。

いや、時間を無視するだけの行動力が僕に欠けていたというべきか。

卒業式を最後に、僕は彼女を見ていない。

勝負に負けた僕がミズシロに話したことについては、この場でも秘密にしておく。読者の興味も、ミズシロが話したかもしれない秘密のほうにあるに違いない。

語られなかった秘密がなんだったのか。あとで僕も想像しないじゃなかった。

考えられる可能性はいくつもない。大部分の読者は、きっと圧倒的にあるひとつの可能性を考えているだろう。僕もそうだ。

けれどそれはもう確かめようもない。

いや、確かめても意味がなくなっている。

時間は戻らない。何より話さないと決めたのは彼女自身なのだ。ミズシロが言ったように、転ばなかった可能性は気になるが、気になるだけのもの。積極的に覚えているのではなく、消極的に忘れられないだけだ。

実らず終わり美化される初恋と、原理だけとれば一緒だろう。

僕にとってのぷよぷよは、だからいちばん最初のアーケード版なのである。戦術が薄く、ひたすらスプリント勝負なそのゲームの話を振られるたび、僕は中学生だったころの、恋と呼んでいいかどうかもためらう交流を思い出す。


(文責・柵馬《さくま》朋康《ともやす》)

『Press start』06年12月号掲載
ぷよぷよ15周年特集内『やわこい追憶』より転載

◆

受付で頼まれた荷物を持ってエレベータに乗り込んだ。

ドアが閉まり、ビルと同じく古いエレベータは大きな振動と音を立てながら動き出す。乗るたび階段を使うことを考えるのだけど、階段は階段で狭いうえに勾配《こうばい》が急で、段差もきついのだ。おまけに手すりも付いてない。足を踏み外す可能性を考えたら、危険度はどっちもどっちという感じなのである。

エレベータを降りれば、そこがもうプレスタ編集部だった。まだ午前中、誰もいないだろうと思っていたのだけれど、編集長がいた。パソコンの画面を見て笑っている。髪はぼさぼさで目の下にクマができていたが、これはいつものことだ。

「――はようございます」

「おー、柵馬さんか、おふぁよ」

「ネトゲですか」

「いや動画。ＹｏｕＴｕｂｅ。まったくキリがない。いよいよ既存の雑誌媒体は淘汰《とうた》されるかもねぇ。ゲームプレイが動画で見られるってのはホント強いよ」

「他人事みたいですね。でも画質悪いでしょう」

「いやいやいや、ネタの面白さに画質は必要条件でもないから」

「――これ、受付で預かったんですけど。製本屋から。最新号みたいですよ」

「おっ。開けちゃって開けちゃって」

言われるままクラフト紙に包まれた荷をテーブルに載せた。びりびり破って開ければ、Ａ５サイズの薄い雑誌が二束出てくる。この編集部で編んでいるマイナーなゲーム誌、プレスタの最新号だった。ぱらぱらめくると新品の紙とインクの匂いが立ちのぼる。なんとも言えない達成感は一瞬のことだ。俺はすぐ自分の書いた記事を探し始めた。

「ほんで柵馬さん、今日はなんの御用で？」

「こいつですよ。最新号がそろそろ届いてるころだと思って」

プレスタはゲーム誌である。そしてゲーム誌は今どこも苦戦を強いられている。台所事情が厳しいのは編集部に出入りしていれば判ることだった。

というわけでプレスタ編集部は寄稿者全員に見本誌を送るような虚礼を廃止していた。送料はともかく手間なのだろう。編集部に来れば差し上げますよというシステムになっていたのである。俺みたいに普段から顔を出してる身にはなんでもない。今日も今日とて編集部に来た理由の半分は、その最新号を受け取るためだった。

もう半分は別にある。

「いやいや今回も玉稿《ぎょっこう》を賜《たまわ》りまして、まっこと光栄至極」

「なんすかそれ。——仕事があるならやりますけど？」

「はっは。同時進行の企画がどれも固まらなくてねぇ、ま、あと三日もすれば目鼻付けるから、そうしたらメールしますよ」

頼みますと言い、俺は見本誌に視線を戻した。

目的の記事はすぐ見つかった。ぷよぷよにまつわる想い出をというオーダーで書いた、とりとめのない文章である。ほかに何も思い浮かばず、しょうがなく書いたものだった。本になった以上どうしようもないけれど、俺は書いた文章を久々に後悔し、その後悔の嚙みしめを後回しにしたくなくて、いそいそやって来たのである。

ディスプレイ上で何度も読み返した文章を、立ったままもう一度読んでみた。

やっぱり痛い。

読んでいて面白いものにもなっていない。判っていたことだけれど、実際本になっているのを見るとがっくり来るものがあった。机に手を突き落胆を味わっていると、暢気《のんき》な編集長の声が聞こえた。いや今回のは力作だねえと。

「まるで小説だ」

「そんな上等なもんじゃないですよ」

意味がありそうで、なさそうで、まだしも酔っ払いの繰り言のほうが判りやすいだけ面白がれるじゃありませんか――とはさすがに言えなかった。自分でどう思おうと俺は文章で稼いでいるのだし、支払いを承認するのは目の前の編集長なのだ。

「いやいやご謙遜《けんそん》。なかなかどうして切り取れているなあと思ったよ。ゲームで思春期を過ごした元少年の気持ちをさ。ドラマ未満のリアリティを感じたね。この女の子とどうにかなっちゃわないあたりに」

「……これくらいの話なら誰にでもあるんじゃないかと思って書きましたから」

ちなみにと言い、編集長は両手を組んで目を細めた。

「これって実話なのかな。それとも創作？　いや、こういうことを訊くのはナンセンスだって判っちゃいるけど、手触りがいつもとは違ったから」

即答しようと気張って、けれどそれがいけなかったのか変な間を作ってしまった。取り繕《つくろ》おうと手を振りながら答える。

「——作り話ですよ。もちろんって言ったら怒られてしまうかもしれませんが。色々な人から聞いた話を元にしてるんで、オリジナルでもありません」

「そうなのかぁ。こういう文章が書けるなら、そういうオーダーもこれからしていこうかなと思っていたのだけれど」

「書きますよ。どんなのでも。仕事ですから」

「ふんふん。……疲れてるのかな？」

「いえ別にそんなには——」

ほうほうと編集長は頷いたものの、目にはこちらを見透かすような光があった。

プレスタの編集責任者はその誌風と同じくお調子者だけれど、ただのお調子者じゃない。余裕ある、察しの良い、決断力あるお調子者なのである。

その編集長が言ったのだった。ひとつ頼まれてくれないかなと。

「見本誌を一冊、流川《るかわ》さんに届けて欲しいんだ」

「ええ？」

流川さんとは流川映《あきら》その人。俺にとってはライター業の先輩にあたり、子供のころ、そのテキストに触れて以来、尊敬している相手でもある。

「欲しければ取りに来るのがルールでしょう」

「ではあるけれど、流川さんのようなベテランがプレスタを支えてくれているわけだし」

「だったら郵便で――」

「やぁ、送料もバカにならないしさぁ」

三種郵便取ればいいじゃないですかとの返しは飲み込んだ。

編集長はやはり俺の精神疲労を疑っているのだろう。思惑《おもわく》はあからさまだったけれど、乗ることにした。編集長の疑念は事実なのだ。認めたくなかっただけで。

特別これという理由のない疲れだった。それでもやりすごせないのは、こんな状態が続いたら身が持たないと思うからだ。依頼のネタが〆切をすぎても思い浮かばなかったせいで、俺は痛い想い出を文章にするハメになってしまったのだ。

そう。本当のところ記事の大半は実話だった。

ミズシロは実在していたのである。

とはいえ、包み隠さずすべてを書いたわけじゃない。書けないこともあった。誰かのためじゃなく、自分のために。そんな保身の痛さまでひっくるめ、ろくに咀嚼《そしゃく》できていない想い出を換金してしまったことを俺は後悔していたというわけだ。

◆

待ち合わせ場所には早めに到着した。

都内のＪＲ駅より徒歩数分、広めの公園のベンチである。十一月も中旬、冬の寒さが忍びより、師走《しわす》の多忙も見えてくる頃合いだ。陽は大分傾《かたむ》いていたが、公園には人出があった。隣接するショッピングモールで親が買い物を済ませるあいだ遊んでいる子供たち、犬の散歩をする老人、立ち話に熱心な主婦らしき影もいる。

ちゃんと流れている世間がそこにはあった。

そんなものを傍観《ぼうかん》していると何も考えずに済んだ。テキストを書く道具が手元にないことも作用してるんだろう。今、何もできないことが心地良い。ただ贅沢《ぜいたく》な気分を味わうところまではいかない。背を焼く焦《あせ》りは焦りでまたあるからだ。

それでも今は何もしなくていい。

なのに、気づくとプレスタ最新号を開いていた。

自分のテキストはもう読み返す気にならない。まだ流川さんが担当した記事を読んでいないことを思い出したのだ。

安定感ある流川さんは特集の背骨になる記事を書くのが定番だった。今回はぷよぷよのシリーズを概観した資料性の高い記事を担当している。とはいえ資料の数字を丸写ししたり、当時の空気を伝えるなんて名目で俺みたいに想い出話を垂れ流してるわけではない。ちゃんと理屈と感性で切り取った事実を飾り伝えていた。

それによると、ぷよぷよというシリーズは異質らしい。

落ち物と呼ばれる系譜《けいふ》に連《つら》なるものであり、システムはテトリスを直接の祖にしている。ざっくり言って、特定方向に重力が働くフィールドで、ランダムに現れるブロックをルールに従い消してゆく諸々のゲームを、落ち物と括《くく》るわけだ。

テトリスはブロックを敷き詰めることでラインを消していく。そこに一ひねり加え、色を揃えると消えるようにしようというのは、わりあい簡単に思い付くアイデアだろう。絵や色を揃えるというのは、ビデオゲームに限らず、パズルの基本的なアイデアだ。落ち物で色を揃えるゲームというと、ほかにもコラムスやドクターマリオなどが思い浮かぶ。けれど、それらと比べてもぷよぷよは異質だと流川さんは書くのだ。

いわく、落ち物パズルはルールが堅牢である。

そのため、続編などで新しいルールを付け加えてスタンダードを超えようとする試みがあまり成功しない。テトリスにしてからが、さまざまな特殊ブロックを取り入れた亜流作品を多数生み出したけれど、結局現在に至るまで、対戦機能やブロックの落下を限りなく速くしていくといったルール以外の定番化を果たせていない。特別なルールを取り入れても一作限りで途絶えてしまい、後に引き継がれないのが大半だというのだ。

　理由は簡単。そうすることで劇的に面白くはならないからだ。ルールを複雑にすることはマニア受けを見込めるが、ビギナーの敷居を高くもしてしまう。その差し引きはマイナスであることが多い。ぱっと見てすぐルールが判るというのは大きな武器である。その武器をわざわざ捨てる行いというわけだ。

　突然変異で生まれた生命がエラーとして淘汰されてしまうことと、ちょっと似ているかもしれない。環境《プレイヤー》に受け容《い》れられなかった形質《システム》は後の世に残らないのだ。

　同じく色を揃えるコラムスやドクターマリオも、今に残るものはオリジナルのシステムを踏襲したものばかりだ。新たな機能が実装されるより、むしろ省《はぶ》かれることのほうが多い。保守的だが、裏を返せばスタンダードであるとも言える。

　何年かぶりに触ってもすぐに遊べること。

　スタンダードであるにはそれが大事だ。一代限りのシステムではノスタルジーになってしまう。それはそれで面白いし大切なことだけれど、システムがむき出しになっているパズルというジャンルでは、結果的に付随することがあっても、重視はされにくい。

ところがぷよぷよは違うと流川さんは説く。シリーズごとに必ず新機軸を盛り込もうとする。伝統のシステムを焼き直していれば充分だろうに、保守的になろうとしない。十五年のあいだに開発元が潰れたりもしたが、その方針は変わらないのだと。

流川さんはそれをぷよぷよの思想だと書く。

ぷよぷよがヒットした要因でよく語られるのは、対戦を基本としたシステムをパズルに実装したことだ。一人用のプレイすら、ぷよぷよではコンピュータとの対戦という形を取っている。延々ブロックを積み上げてゆくスタイルではテトリスに勝てないと判断し、対戦に特化したため今の成功があるという見方もできそうだ。

流川さんはそうしたことを踏まえ、けれどそれ以外にも成功の理由があると書く。

魅力的なキャラクターをアニメーションさせ、連鎖の成功を数字だけでなく声で報《しら》せ、無機質になりがちだけれど、それだけにクールな画面が多かったパズルゲームで、世界観を感じさせる絵作りをしたこと。また堅いブロックを敷き詰めるのではなく、柔らかいぷよがくっついて弾ける、そんなぷよぷよ感もまた成功の秘訣《ひけつ》であり、そもそもこのシリーズはシステム外の要素が重視され現在に至っているのだと。

たとえばそれは色の選択にも表れているという。

ぷよぷよでは赤、緑、青、黄、紫の五色のぷよと透明なおじゃまぷよが降る。言葉で聞くと普通だが、色の判別が簡単な黒や白を使ったほうが、より判りやすく、やさしくなるだろう。そこに制作者が気づかなかったとは考えづらい。判っていながら外したに違いない。その理由を流川さんは、カラフルな画面作りのためと察するのだ。

黒や白は識別しやすいが、それだけにほかの色となじみにくい。

そうした色の使用をデザイナーが敬遠したのではないか。あるいは当時のアーケードのハード性能を考えると、黒や白という、プアーなハードでも実現できる色を使わないことで高級感を演出したのではないかと。

事実かどうかは判らない。ぷよが赤、緑、青、黄、紫の五色になっていることなどは、単にデザイナーが適当に決めただけで、流川さんの深読みにも思える。

けれどほかの部分には説得力があった。

ぷよが饅頭《まんじゆう》になって売られたりするのだ。キャラクターが大切なのは今ではどんなジャンルでも当然の前提となっているけれど、一九九二年の段階ではパズルゲームにそうした発想はなかった。その点、ほかを圧倒していたのは間違いない。

ゲームの魅力はシステムだけではない。本筋と違うところも重要になる場合があるのだ。

それは、けれどきっと、なんでも一緒だろう。

ライターなんて方便がスキルだ。

自分を例にすれば、今回体験談という体《てい》で語るにあたり、一人称に「僕」を選んでいる。そうしたほうがより広い読者に届くと考えたからだし、なにより書いている自分を内容から切り離したいという事情もあった。――いや、切り離したかったのは、実話を書くことを安易だと考えている自分を、かもしれない。

昔は違ったと思う。好きなゲームについて文章を書き、感想をもらうことを面白いと思っていた。いや、感想なんてなくたって、自分の頭にあることを文章にし、それが誌面に載っただけで仕事にできて良かったと思えた。

けれど生業として続けていくには色々と呑《の》まなければいけないこともある。好きなゲームの記事ばかり書いているわけにはいかない。嫌いなゲームの提灯《ちょうちん》記事を書くことだって普通にある。いやそれはまだいいほうで、触ってもおらず、好きか嫌いか判らないものについて書かなきゃいけないことだって少なくない。

もちろんビデオゲーム以外の記事も書く。依頼があろうとなかろうと取りにいく。そういう諸々こそ自分の懐《ふところ》を広げるチャンス。そう思いながらだ。それは、そこのところまでは、この仕事を始める前から了解していたことでもある。

けれどそうやって物分かりよく仕事をこなしているうち、好きなものを語ることが素直にできなくなるとは思っていなかった。

久しぶりに経験あるゲームについて書ける依頼なのに、俺はテンションのおもむくままに記事を書くことができなかったのだ。

メインでぷよぷよの特集を組むと聞いた瞬間、ミズシロとの交流が脳裏を過《よ》ぎったことも理由のひとつかもしれない。俺にとってそれはやたら据わりの悪い記憶だ。思い返すだけで忘れていない自分が恥ずかしくなる。

でも多分、そんなのは大した理由じゃない。もっと別の、俺の中の何かが決定的に変わってしまったことを示すようにも思うのだ。

熱のままキーボードをひっぱたくことができなくなり、常に受けを狙って、気づけば事実より面白い嘘はないか探していたりする。

姿勢として不純だとかいう以前に、効率が悪くて仕方ない。

こんな調子でライターを続けてゆけるのか。いったんそう思うと余計に記事から頭は離れがちで、結局俺は思い出したくない記憶をネタに、青臭い雰囲気重視で書くことになってしまったのである。ほぼ実際にあったことをそのまま。

結果として編集長の好評は得られたからいいにしても、自分で自信がないものだから、お世辞にしか聞こえない。

翻《ひるがえ》り、流川さんの記事はさすがだ。

ブレがなく、いつも水準以上の面白さを味わわせてくれる。勘繰りすぎと思う部分もあるけれど、読者にそういう感想を抱かせる記事を面白いというのだ。長年にわたりライターとして活躍しているだけのことはある。

そんな流川さんの影響を半端に受けているのがいけないのかもしれない。どんな依頼でも受ける、どんな記事でも書けるようにならなければとか、そういう決意がひとつひとつの仕事から熱を奪っていっているようにも思えるからだ。

でも、そうだとしたら俺はどうすれば――

「いやぁ、お待たせしちゃいましたねー」

声が聞こえて顔を上げると、流川さんがいた。

人なつこい表情も、相反して自殺志願者のような痩《や》せ形《がた》で色白な風貌《ふうぼう》もいつもどおりだけれど、今日は服装が違っていた。柄物のシャツに黒いスーツを着込んでいる。胸のポケットには細身の黄色いサングラスが刺さっており、頭は角刈りで、足下は爬虫類《はちゅうるい》系の革を使った、てかてか光る靴など履《は》いていた。

「……ヤクザのコスプレですか」

「正解。実話誌の仕事ですよ」

ライターがヤクザの格好をしなくちゃいけない仕事ってのはどんなだ？

率直に言って、今の流川さんの格好は売り物に手を出してしまった覚醒剤の卸《おろし》売《う》りだ。公園にいるのは小口の取引のためというところか。

「この手の格好するのは初めてだから加減が摑めなくてね。パンチパーマはさすがに控えたのだけれども」

「……お疲れさまです」

あははと流川さんは笑う。喋りが気さくなおかげで救われているところがあった。公園の空気は崩していない。このあたりもさすがと思えるところだ。きっとヤクザらしい振る舞いも、時と場合に応じてできるのだろう。

「さぁ立ち話ってのもなんだ。何か食べようじゃないか。わざわざプレスタの見本を持ってきてくれたんだから奢《おご》りますよ」

「ありがとうございます」

そう応じたものの、大した手間でもなければ、俺のほうが話をしたくて呼び出したようなところもある。晩飯をがっつり食べるには中途半端な時間ということもあり、近場の喫茶店でスパゲッティなど食べながら世間話に興じることになった。ちょうど良いといえば良かった。アルコールが入ると、逆にする気になれなくなる話もある。

自分より頭の良い人が相手なので、俺は直球で話を始めることにした。

「ライターとしてやっていく自信がなくなりました」

「――またヘヴィな話題ですねぇ」

プレスタ見本誌の表紙を見ながら流川さんは切り込みをいなす。真面目な話ですと続けて、俺は仕事に対する情熱がなくなっているという悩みを話した。

すると流川さんは――

「何を仰《おつしや》る柵馬さん。書けているじゃありませんか」

そう言ってプレスタの当該ページを指さすのである。

けれど、それこそ悩みの一端なのだ。

「それもなんというか、苦肉って感じの仕事で。編集長は褒《ほ》めてくれましたけど――」

「ほう！　編集長が？　あの人あれであまり記事を褒めることないんですよ。俄然《がぜん》興味が湧いてきました。ちょっと今読んでしまうんで、静かにしてもらっていいですか」

そう言われれば言葉もない。自分の文章を読まれる気恥ずかしさは、読んでもらえる栄誉には常に及ばないものだ。流川さんが読んでいるあいだ俺は、自信がない記事でも人に読まれるのは悪い気がしないな、なんて考えていた。

「――なるほど」

読み終えた流川さんは、なるほど、なるほどと連呼しつつプレスタをテーブルに置いて、身を引き、やや離れたところから目を細めて誌面を眺めた。そうすれば見えない何かが見えてくるとでもいうかのように。そしてちらりと問うのだ。

「これはリドルストーリーですか」

「……は？　リドル？」

「謎かけとでも言いますか――」

「いや、謎なんて別にありませんよ。ただの――」

想い出だ。

「〆切に追われてでっちあげた物語です」

「では実話なんですね？」

なんでそんなことが判ってしまうんだろう。

「編集長にも似たようなことを訊かれましたけど、作り話ですよ。俺の」

真剣を装《よそお》い言ったのだけれど、いやそれは嘘ですよと流川さんは取り合わない。

「リドルストーリーではないのでしょう。だったらもう実話でしかありえない」

謎かけじゃなかったなら実話。何をどう考えればそうなるのか。

流川さんは俺を見て、なるほどともう一度呟いた。

「どうも柵馬さんは文字の力を甘く見ているようですね」

「──文字の力？」

「ライターの商売道具でしょう。大事な」

「そりゃ、言葉を並べて量り売りする仕事ですけど」

言葉じゃありませんと流川さんははっきり言う。

「我々が操るのは文字です。企画をプロデュースする際には言葉も使いますが」

「……言葉と文字はそんなに違うものですか」

「違います」

今わたしたちがこうして喋っているこれは言葉ですと流川さんは言い、それからプレスタを持ち上げ、こっちは文字ですと続ける。

「識字率の高い国で生まれ育っていると気づきにくいことですが、言葉と文字はまったく違うものですよ。原理を言えば、言葉は遺伝子が用意してくれたものですが、文字は人が発明したものです」

「……言葉だって人が発明したものじゃありませんか？　文法や単語なんかが遺伝子に記録されているわけもないですし──」

流川さんは静かにひとつ頷き、それからゆっくり噛んで含めるように言った。

「わたしが言っているのは概念としての言葉ですよ。バッタが求愛のため脚で音を奏《かな》でたり、犬が尻尾で感情を表現したり、ミツバチがダンスで蜜の場所を伝えたり、アリがフェロモンで行列を作ることなどまでひっくるめた『ことば《ランゲエイジ》』のことです。赤ん坊は習わなくても声をあげて泣くでしょう？」

「え、ええ」

「それは人の遺伝子がそういう躰《からだ》を作っているからです。喉には声帯があり、脳には声で意思疎通を図る処理を専門に行う部位がある。日本語や英語という区分けは、並列する集団内で共有する情報の最適化が別々に進んだ結果現れた、付随的なものですよ」

「……そうなんですか」

「人類史上に並び立つあらゆる言語は、ほかのあらゆる言語に、原則的には翻訳が可能でしょう？　言語ごとの発音や文法の差は所詮、人が操れる範疇《はんちゅう》に収まってしまうからです。すべての言語は同一なんですよ。現れ方が違うだけで」

なんだか話が大きくなりすぎている気がした。それでも耳を傾けたい気になるのは、その話が面白いからだ。どう運んでどこへ着地するかが気になるからだ。

ところがと流川さんは続ける。

「文字は違うんですよ。文字は人の躰と関係のない代物です。そもそも人は文字を使うようにはできていないと言ってもいい。どんな言語でも、喋ることに比べて、読み書きできるようになるのは遥《はる》かに困難ですが、それは文字が修練を必要とする不自然な道具——人が発明したものだからですよ」

「……なるほど」

その文字を、俺はそんな大層なものとは意識せず飯の種にしているわけだ。

そこまでは判った。判ったけれど——

「それが俺の書いたものとどう繋がるんです？」

「そもそも、そんな文字をどうして人は発明したのでしょうね」

「……記録のためじゃありませんか」

「そうですね。今ここにいない他者へ伝達するため——広く言えばそんなところでしょうが、そもそもの始まりは実用でなく衝動だったと考えたいわたしがいます」

「——衝動」

「感動と言ってもいい。心動いた言葉や出来事を覚えていたい。あるいは誰かに伝えたいというような。商取引における契約を記録するためだったとは思いたくないのですよ」

でなければこうまで美しくデザインする必要がありませんからねと流川さんは言う。

「感動を伝えるため……ですか」

「文字は時に言葉よりも厳密です。言葉では同音のものが漢字のような表語文字では区別されたりもする。正しい文字を正しく使えば、音声——つまり言葉で伝えるより正確に情報が伝わったりもするでしょう」

「それは判ります。でもそれが一体——」

「記述者が理解する真実だけでなく、より深いものが勝手に伝わることもあるのですよ」

この文脈でその言葉が指摘することは——

「これは文字の完成度の高さというより、言葉自体の曖昧さに起因する現象でしょうね。言葉が曖昧なのは人に認識できる現実が曖昧だからなんでしょうが、文字が言葉から脱落させたものは、その曖昧さなんですよ。おかげで音声より少ない情報量にエンコードが可能になったわけなんですが。……柵馬さんはこの記事を書くにあたり、昔を思い出したでしょう。子供のころの記憶を元に言葉を選んだ。たとえ作り話であっても」

「ええ。いつもやってることですけど」

「そうですね。心に描いたものを読み手に伝えようと、我々は文字を選ぶ。その時点で曖昧さはカットされます。少なくとも書き手が伝えたいと思わない曖昧さは」

もしこれが作り話なら、と流川さんは開いたプレスタのページに手刀をぽんと載せた。

「そのあたりの感覚は逆になるはずなんですよ。子供のころを思い出して、そこになかった景色、あって欲しかったり、あったほうが判りやすくなる景色を書こうとする。文字選びは正確さじゃなく、外連味《けれんみ》に重点が置かれることになります」

「判ります。というか、そうなってるじゃないですか。こんなやつ、そうそういないでしょう。俺が作ったキャラだからですよ。実際いたらいじめられてます」

「だとしたらリドルストーリーでしかありえない」

「どうしてですか」

「辻褄《つじつま》が合いすぎているからですよ」

辻褄？　一体、どんな。

「リドルストーリーなら作り話でも辻褄は合っていなくてはなりません。けれどリドルストーリーではないと柵馬さんは言いました。正直なところ、わたしに柵馬さんの言葉の真偽は判りません。判るのは、二つの可能性のどちらかが事実だろうということだけです。でたらめを書いたらたまたま辻褄が合ってしまったというのは確率的にない。それくらい筋が通っています。通りすぎていると言ってもいい」

「……判りませんよ」

「ミズシロさんの設定を言っているんです。この記事のテーマまで含めてもいい」

「テーマ？　そんなもの別に――」

「ぷよぷよの想い出。長いあいだ勝ち越せていた勝負の最後で柵馬さんは負けた。もし勝てていたらどんな秘密が打ち明けられていたのかという話でしょう、これは」

そのとおりだった。でもそれは判らないことだ。

俺はミズシロの秘密が知りたいんじゃなく、もう判らないということが書きたかったのだ。文章にすることで自分自身を割り切らせるために？　さあどうだろう。少なくとも、判らないことを否定したくないという想いはあった。

そもそもそこに勘違いがあったのか。

流川さんは辻褄が合いすぎていると言った。それは、合う辻褄があるってことだ。俺が判らないと決めつけていたものに。語らず終えたはずの内容に。

おそるおそる尋ねた。流川さんには――

「判るんですか。ミズシロが打ち明けなかった秘密が」

流川さんはヤクザルックで優しい表情のまま、判るかもしれませんと言う。

「それは、いつかのマリオ特集の時みたいに、俺がものを知らないせいで謎になってしまっていたというようなことですか」

「どうでしょう。いずれにしてもわたしには柵馬さんの書いた記事がすべてです。もし何かに気づけたとしても、その功績は柵馬さんにあるのですよ」

文字は人が発明したもの、正しく使えたなら記述者が意図しないものまで伝わることがある。もう一度俺はその言葉を反芻《はんすう》した。

「ミズシロは少しおかしな子だった――とありますね」

流川さんはプレスタを広げ、当該箇所を読み上げる。

「焦がしてしまったハンバーグを食べたり、みんなと同じ風景を写生しなかったり、修学旅行であさっての電車に乗ってしまいながら一人旅行を楽しんだり。かなり頑固な一面を持つ女の子だという印象を受けました」

「そうですよ。他人と違っている自分に酔うとか、中学生くらいならよくいるでしょう。そういうのと違って、振る舞いに一本骨の通った女子だったたってことを強調したかったんです。うわっつらだけの演技じゃなかったと」

「なるほど。……もし、そうじゃなかったとしたらどうです？」

「頑固じゃなかったらってことですか？」

「いや、頑固ではあるんですが、そういう行動を取った理由があるのだとしたら」

頑固になる理由は――あったんだろう。

ちょっとでも気に入らないことが許せないなら、それは単なるわがままだ。ミズシロがそういう簡単な人間じゃなかったことを、今も俺は信じている。

「焦げたハンバーグを食べたのは、焦がした理由を言いたくなかったからだとしたら。一人ほかと違う風景を写生したのは、紅葉を描きたくなかったからだとしたら。修学旅行で電車を乗り間違えて引き返さなかったのは、乗り間違えた理由を語りたくなかったからだとしたら——どうなります？」

俺には判らない。だから答えられない。

投げかけられる問いは、なのに止まってくれないのだ。

「ゲームの腕はそれなりで、格ゲーでは負け越していたのに、ぷよぷよでだけ柵馬さんは彼女に勝つことができた。それはなぜです？」

「あいつは基本的なミスをよく犯していて——」

「それはどうして？」

どうして？　問いの意味が判らない。

「決定的なのはここですよ。最後の勝負をする直前、彼女はこう言ったとあります。『あたし、子供は産まないし、きっと結婚もしないから』と。ここまで言ったらあからさまですよ。ほとんど真実そのものと言っていい」

偏見《へんけん》や潔癖《けっぺき》に由来する発言だとしてもですよ——そう流川さんは付け加えるのだった。中学生なら仕方ないと。嘆息してさらには、そういう年頃ですからねとまで。

「ちょっとしたミスも許せない。そういうひところが柵馬さんにもありませんでしたか。鉛筆の跡を完全に消そうと、ノートが毛羽立つまで消しゴムでこすってみたり」

よく判る。そういう幼《おさな》い完璧主義については、思うだけで泣けてくる景色が浮かぶくらいだ。誰にでもあることだろう。

けれどそういう想いはずっと持っていられるものじゃない。

世の中にはどうしたって取り戻せないものがあると知ってしまうから。

その最たるものは命が失われることだろう。泣きわめいてもどうにもならないものがあると知った時から現実との折り合いは始まる。けれどそれからも、自分に失望するまでは、完璧主義の亡霊は背中に張り付き続けるものだ。

ミズシロがそうだったと流川さんは仄《ほの》めかしている。

けれどその正体が今もって俺には判らない。

「聞けばなんだと思うことですよ。深刻な話じゃありません。もし深刻なものなら柵馬さんだって気づけていたでしょうし」

「……一体なんなんですか。ミズシロの秘密って」

流川さんは少し間を置いてから言った。

「色覚が普通の人と違っていたんですよ」

しきかく？

「しきかくって――」

「色を判別する能力のことです。ハンバーグを焦がしてしまったのは、肉の焼け具合が色で判別しづらかったから。みんなと同じ景色を写生しなかったのは、見事な紅葉を描きたくなかった、あるいは描く自信がなかったから。電車を乗り間違えたのは、色分けされている路線図を見間違えてしまったから。ぷよぷよでミスを繰り返していたのは――」

「ぷよの色が判らなかったから？」

色が判らなかったわけではありませんよと流川さんは首を振る。

「色覚が普通と違うと言っても、その現れ方はさまざまです。肉の色、紅葉と来れば、赤と緑の見分けがしづらいいちばんありふれたタイプだったのでしょう。いずれにせよ人より感じられる色彩の幅が狭いというだけで、色は判るし、色の名前も判ります。五色のぷよ全部が区別できなかったわけではなく、そのうち二色の見分けが付きにくい程度でしょう。いえ、それだって現行のシリーズだったら問題なく見分けられるはずです。カラーユニバーサルデザインという言葉、御存知ですか？」

「――いえ、不勉強で」

「生まれつき多数と違う色覚を持っていたり、目の病気で色の見え方に偏《かたよ》りのある人を想定した配色のことです。対象とする症状がさまざまなので具体的にこのパレットと指定することはできませんし、クリエイターの意向も無視できないんですが、そうした考え方が今はあります。特に商売では常識ですよ。日本では男性の五パーセントほどが少数派の色覚を持っているそうで、なんの配慮もしなければその五パーセントを切り捨てることになってしまうわけですからね。色がシステムに深く関わるゲームなら、今は大抵カラーユニバーサルデザインを意識し作られているはずです」

「――今は、ですか」

「ええ。十五年前はなかなかそこまで意識が届いていませんでした。ぷよは色ごとに表情やアニメーションが微妙に違っていて、色以外にも判別材料がなくはないんですが、そう明《めい》瞭《りょう》なものではありません」

「ぷよは形がころころ変わるから、判別のウェイトが色に置かれていると」

「というか、色で判別できるだろうと考えて、作り手はそういう形が安定しない演出を取り入れたのでしょうね。現行のシリーズなら色ごとに形を変える設定もできるようになっているんですけれども、主流ではない。記事にも書いたことですが、ぷよの持つぷよぷよ感も大きな魅力ですからね」

思い返せばミズシロの操作は精密だった。積み方も速く、俺が負ける時は瞬殺だった。色の見分けをしくじって負けていたのだとしたら、見分けが成功することもあるわけで、その場合は勝利することができたのだろう。

最後の勝負のように。

こちらがすんなり負けることもあったから、俺は、ミズシロがハンデを負ってゲームをしていたことに気づけなかったんだ。

いや、それは嘘か。

そこまでミズシロのことを見ていなかったというだけだ。

色覚の違いなんて可能性を意識してなかったこともあるけれど、もしちゃんと向き合えていれば不自然さを問いただすことくらいできたはず。けれど俺はそんなことをしなかった。

勝っては喜び、負けては悔しがるばかりで——

——

「……さっき流川さん、結婚しない、子供も作らないって言ったことが決定的だって言いましたよね。それって——」

「少数派の色覚になる原因は、事故や加齢などもあるのですが、大部分は先天的なものなんですよ。つまり遺伝する。それも伴性劣性《はんせい》遺伝と言って、性染色体に由来するやや特殊な劣性遺伝をするんです。劣性遺伝は判りますか」

「血液型のO型とかがそうですよね」

「ええ。両親からひとつずつ受け取る遺伝子の両方が劣性因子であった場合にのみ発現するのが通常の劣性遺伝です。血液型なら、両親のどちらかから優性因子であるA型かB型を受け取っていればO型になることはありません。しかし色覚に欠損をもたらす因子は性別を決定する二種類の性染色体――X染色体とY染色体と呼ばれるんですが、そのX染色体にあるんです。ちなみにXYの組み合わせで男性、XXの組み合わせで女性になります。つまり男性の持つX染色体はひとつきり。これは、男性の場合、X染色体にある因子は劣性優性を問わず必ず発現するということです」

X染色体を二つ持つ女性にとっては普通の劣性遺伝と変わらない。けれど男性はX染色体をひとつしか持たないため、保有者イコール発現者になる。

つまり――

「男のほうが症例が多い？」

「そうです。詳しい数字は忘れましたが、女性の症例はゼロコンマ数パーセントとかですよ。ミズシロさんはそのことを知っていたんでしょうね」

「女の症例が珍しいってことをですか」

「伴性劣性遺伝という現象をですよ。通常の劣性遺伝なら自分が発現していてもパートナーが発現していなければ子に遺伝することは少ない。相手が因子を持たなければゼロパーセント。もし相手が因子を持っていても五〇パーセントです。ところが伴性劣性遺伝で、しかも女性が発現している場合、ちょっと特殊な結果になる」

流川さんはペンを取り出して、プレスタ誌面の枠外に性染色体を示すXとYがどう遺伝するかの図を描き始める。結果は——

「パートナーが因子を持たなくても、生まれてくるのが男の子の場合、一〇〇パーセント発現することになります。女の子の場合も因子を持つことになるので、さらにその子——つまり孫が男の子の場合には五〇パーセントの確率で発現することになる」

随分高い確率だけれど、別に外連味はない。純粋に組み合わせの問題だった。

「まあ確率がどれだけ高かろうと、病とも呼べないちょっとした個性ですよ。時に不便もあるでしょうが、それも多数派に合わせて作られたものに慣れにくいという程度」

もっと言えばと流川さんは続ける。色覚が狭いばかりじゃない。

「たとえば色の濃淡に関しては、多数派の色覚を持つ人より鋭敏だったりするんです。記事にもありましたよね。ミズシロさんの絵が表彰されたことがあると」

すべてが腑《ふ》に落ちる思いだった。頷けることばかりだ。けれど頷こうとすればするほど別の想いも湧いてしまうのだ。俺は言った。

「けれど、それは大人だから言えることですよね」

流川さんは難しい顔で頷く。

そうなのだ。中学生の頭にはまた別の想いも浮かぶだろう。

それはもしかしたら物語とさえ言っていいものかもしれない。自分は人より足りない人間だ。生きるのはともかく子をもうけるなんて許されない——とか。

何もかも万端《ばんたん》な人間なんていない。色覚が人と違うなんて大したことじゃない。そんな言葉も、物語に取り憑かれていれば届かないだろう。

……そうだったのか。

「彼女が語ろうとしていた秘密とはそのことだったんでしょう。本当に気づいていなかったんですか？　柵馬さん」

俺は答えなかった。痛恨《つうこん》を噛みしめるのに忙しかったのだ。俺の内心を察してくれたらしい流川さんは、けれどこう続けるのである。

「どうです素晴らしいでしょう？」

「……何がですか」

「気づかないまま真実を今に伝えた柵馬さんの文章がですよ。人が作った文字と、それを操る柵馬さんの感性が実現させた、これはある種の魔法でしょう。むにゃむにゃと唱えれば、今ここにない景色を作り出すことができるというわけです」

それを言うなら流川さんの推理力だろう。

そう思いもしたけれど、口にはしなかった。

いずれにせよ文字の力を俺が過小評価していたことは疑いない。でなくて、どうして仕事にやる気がないなどと思えるだろう。

俺はまだ自分の文章さえ思いどおりに操れていないのだ。

つまりまだ成長する余地がある。

自覚すれば、力不足さえモチベーションを保つ理由になるだろう。そう思うと少し元気が湧いてきた。蜂蜜を一舐めしたくらいの元気だけれど、充分でもあった。

だからそのあとに流川さんが付け加えた言葉は、まったくの蛇足だったのだ。

「それにつけても気になるのはミズシロさんの内心ですよねぇ」

「——はい?」

「秘密を言いたくないために焦げたハンバーグを食べたり、修学旅行をふいにしたりする人が、柵馬さんを相手にしたぷよぷよは最後まで続けていたわけですよね。ほかの例に倣えばプレイすらしなくなるのが順当だと思うんですが」

どうしてでしょうと連ねる流川さんは、何かを期待する顔をしていた。想定するものがあるんだろう。俺にもないじゃなかった。けれどそれはミズシロの抱えていた秘密よりあやふやな、目の前に彼女がいたとしても答が得られるとは限らないものだ。

そう、俺が記事で書いたとおりに。

なので俺は首を横に振った。

記事の中の僕と同じ気分で。

「リドルストーリーってことでひとつ、よろしくお願いします」

「そうですか。そこのところの設定はないと」

阿吽《あうん》の呼吸で申し出は受け容れられた。

このあたりの気遣いは本当にありがたかった。ほんの少しでも突っ込まれれば、俺はきっと話してしまっただろう。

語るに及ばない想い出が、もう二つばかりあったのだ。

ひとつはどうしようもなくお話にならないものだ。負けた時、俺が彼女に話した秘密である。『今のは手加減していたんだ。もう一回勝負してくれ』——と。

もう少し気の利いたことが言えなかったのかと思うけれど、ゲームに負けた中学生が思いつくのはこの程度だろう。記事に書かなかったのは、流れにそぐわないと考えたからだ。実際、俺の言葉はミズシロに無視されたように覚えている。

……いや、笑われたんだったか。

どっちにしても再戦は成らなかった。

もうひとつの景色は、それから二年か三年ほどあとのこと——つまり今から十年近く前の、俺が高校生のころのものだ。

ミズシロが結婚したという話を聞いたのである。

同じ中学出身の同級生から、そういえばと噂話として知らされた時、俺は裏切られたような気分になった。結婚もしない——その言葉を執念深く覚えてたんだろう。もしかして、初恋云々という自覚が当時もうあったのかもしれない。

まったく勝手な話だが、その時抱いた反感は、今の今まで結婚どころか、恋人と呼べる相手を作ろうともせずやりすごしてきた俺の人生を支えるのにさんざん活躍してくれた。

そうなるだけのショックもまたあったのだ。

高校生で結婚してしまうからには相応の理由がある。まして別の高校に進んだ元同級生の耳にまで伝わるにはそれなりのドラマが要る。つまり噂には続きがあった。

できちゃった結婚だったというのだ。

当時の俺は聞いて反感を抱いた。理由は説明するまでもないだろう。いや、当時どころかついさっきまでそれは続いていたのだけれど——今は消えていた。

胸の残響とともに、綺麗さっぱりと。

想い出にまた別の物語が用意できることに気づいたからだ。

あいつは子供を作る気になれたんだという。

それは思いのほか通りのいい実感だった。

十年以上、忘れられずにいた気持ちをこんなふうに昇華できたのが流川さんの言うとおり文字の力によるものなら、なるほどやはりやる気がないなんて言ってはいられない。なんせ、やる気の有無と関係なく文章は伝わってしまうのだ。嘘を書いたり間違えたとしても、現れる効果まで拙《まず》くなるとは限らないのである。

それは、適当に書いたものがたまたま面白くなるのを望むってことじゃない。やる気が出ないのはなんのいいわけにもならないということだ。

だったら文章書きとして覚悟は決まる。

やる気のあるなし関係なく書き続けるべきだと。

ぷよの判別にハンデを負った状態で、俺との対戦を続けたミズシロのように。

俺だって、さすがに中学生女子相手に連戦連敗というわけにはいかない。

それが初恋であれ、なんであれ。

俺より強いヤツ

「犭《けものへん》で最強は誰だったんですか」

尋ねると相手は瞼《まぶた》を閉じ、数秒黙った。

幅と奥行きがあるせいで天井が低く感じられる道場である。

向かいに座る師範と俺、そして隣《となり》に座る詠坂《よみさか》の三人しかいない。水曜の早朝という時間のせいもあるだろう。門下生たちが稽古《けいこ》を始めるのは午後からなのだ。

師範は若い。パンフレットにあった生年月日によれば三十歳をすぎたばかり、俺たちより三つ年上なだけだ。落ち着いた振る舞いは看板の重責に鍛えられたものなのだろう。もちろん自身の強さという裏付けがあってこそだ。

少なくとも――俺は横目で詠坂を見た。外した眼鏡を手に、肩と腰をさすっている。

こいつよりは強い。桁違いだ。

詠坂は無謀にも師範と立ち合ったのである。

結果は惨敗とさえ呼べないものだった。朝青龍《あさしょうりゅう》と油揚げくらいの差があった。

向かい合った直後、詠坂は肩を取られ、自分の意志では無理な回転で宙を舞い、背中から畳《たたみ》に叩き付けられたのである。派手な音と見映えのわりにそこまでダメージがないあたり、手加減はきっちりされていたのだろう。合気道の系譜に興《おこ》ったその護身流派は、けれど本流から外れており、理由はそのゆきすぎた実戦主義にあるという噂だった。それを詠坂は確かめようとしたわけだ。バカだが。

まあいい。そんなことより知りたいのは十年前、世紀末の日本で行われていたストリートファイト、もはや伝説になったそのイベントでいちばん強かったのは誰なのか、だ。

目の前の護身流合気師範——当時の呼び名で病狐《やまいぎつね》は、おもむろに口を開いた。

「おそらくは——」

◆

「はじめまして、詠坂です」

例によって例のごとく次号の打ち合わせで訪れた接世書房《つぐよしょぼう》の地階、プレスタ編集部で、初対面の痩せた男はそう挨拶《あいさつ》し、どーもどーもと手刀で目の前の空気を切ってみせた。本職は小説家だという。飄々《ひょうひょう》としていて摑《つか》みどころがない印象だ。眼鏡をかけているのも目つきの悪さをごまかすためであるような。

流川《るかわ》さんや編集長の話から、もっと判りやすい人間を想像していたのだけれど。

ともかく今回の仕事はこいつと組んでそれぞれ記事を4Pずつでっちあげてくれというものなのだ。俺は応じて答えた。

「柵馬《さくま》です。まぁよろしく」

「柵馬さんの記事、結構読んでますよ。ぷよぷよ特集の時のなんかはかなり好きですね」

ピンポイントで地雷を踏んでくるタイプか。天然ではないだろう。

「忘れてくれ。あんま思い出したくない仕事だから、あれ」

「だから一段レベルの違った面白さだったんですね」

ははっと詠坂は笑う。嘲《あざけ》りより羨《うらや》ましさの滲《にじ》む声だった。

それでと俺は正面にいる編集長に向き直った。

「ええと、ヌでしたっけ？」

無精髭《ぶしょうひげ》がもはやデフォルトになっている編集責任者はそうそうと頷く。

「流川さんの仕事だね。九七年だから、ちょうど十年前だ。都内で行われているストリートファイトの特集をうちで組んだわけ」

ゲーム誌であるプレスタ——正式名称『Press start』は、今でこそマイナーという括《くく》りの中でそこそこの立場を確立しているけれど、十年前はそうじゃなかった。書籍扱いで雑誌コードもなく、発売日は極めて曖昧《あいまい》、前号に記載された予告から半月遅れで店頭に並ぶなんてことも珍しくなかったのだ。当時高校生だった俺は予告された発売日が近づくと、方々の書店をさまよい探したものである。読者としてはいい想い出だけれど、作り手に回った現在の立場からすると許せる事態ではない。

とにかくそのころのプレスタはカオスだった。

当時の号を読み返すと、カラーページなどなく、紙質も悪く、レイアウトもワープロ専用機で作ってるのかと思うほど稚拙《ちせつ》だったりする。情熱にあふれているが、その情熱が虚空《こくう》に向いた読者不在のページも多い。過剰にアカデミックな筆致《ひっち》で綴《つづ》られた論評と公衆便所の落書きが同居している感じだったのだ。

また雑誌に付きものである企業広告もなかった。そのため公正な視線が保たれるというのが売りだったのだが、スポンサーの縛りがないからといって面白いものができあがるとは限らないのは、ネットが普及した現在では誰もが知ること。

言い換えれば、当時はまだそういう幻想があったわけだ。その幻想に俺も踊らされた口なのだが——ともかく素人然とした誌面だったのである。

そんなかつてのプレスタで、実際に行われているストリートファイトという説明で才は特集されたのだ。その号は今目の前にある。実家の本棚にもあるだろう。編集長の説明を聞きながら、ざっと目を通したところだ。

尊敬するライター、流川さんの記事は今読んでもユーモアにあふれていて面白い。載っている写真は白黒で、解像が粗《あら》く、キャプションを読んでも何が映っているのか判らないくらいだが、そんなところもひとつのアクセントになっていたりするのだ。ただそれだけに全部が嘘のようにも思えた。事実にしては面白すぎるだろうと。

だが本当に犭は実在していたらしい。

興行として運営されていたものではない。自然発生的におこったムーブメント（この言い方も九〇年代的だ）で、ゲリラ的に行われる喧嘩《けんか》は、ポケベルによってその開催と場所が報《しら》されるシステムだったという。見物客が集まり、ファイターが揃うと戦いが始まって、場の流れが勝敗を決めるまで続くのだそうだ。

その始まりは九三年ごろで、特集が組まれた九七年ごろはもう下火になっており、最後の火が燃えている最中だったらしい。

対戦格闘ゲームのブームに触発されておこったものと特集は結論づけていたが、このあたりは牽強付会《けんきょうふかい》というか、我田引水《がでんいんすい》というか、なんでもかんでもビデオゲームに結びつけるのがプレスタの方針なので、鵜呑《うの》みにはできないだろう。

おもむろに立ち上がった編集長は、悲しげな目で壁を眺めつつ呟《つぶや》いた。

「人はどうして相争うのか」

「……は？」

「言うまでもなく争いは悲しいことだが、人は戦いに惹《ひ》かれ、強い者を称《たた》える。強さを証《あか》すには戦うのが早い。ゆえに戦うのか。この螺旋《らせん》はどこまで続くのか……」

「ええと」

「それが次号のテーマなのだよ柵馬さん」

次号は格ゲー――対戦格闘ゲームの特集という話だった。依頼された記事もその流れにある。いやしかし、それにしても――

「才はもうないんでしょう？　復活したとかいう噂でもあるんですか」

「ないよ。ないからこそだ。今はもうないということは、才を経たひとびとは戦いを超克《ちょうこく》したということだろう。当時のことを調べればその術《すべ》が判るに違いない！」

「いやそれは」

単に飽きられただけだろう。ムーブメントと記事にもある。自然発生的に現れ、やがて沈静化した無数の流れのひとつというだけじゃないか。

そう言おうとした時だった。なるほどと力強い頷きが隣から発せられたのは。

「この悲しみの連鎖《れんさ》を断ち切る方策を！　無間地獄を終わらせる冴《さ》えたやり方を！　先人の知恵から学ぼうというわけですね！」

「まさにしかりだ、詠坂さん！」

「永遠《とわ》に続く対人戦、永遠《えいえん》に発売される続編――この閉塞《へいそく》した状況を打破《だは》するには、現実の例を作り手と受け手がともに知ればいい。そのためプレスタが一役買うと」

「そうなのだ。そうなのだよ！」

熱いやりとりだが、取り残された俺は醒《さ》めるばかりだった。それでも構わず編集長は続けるのだ。議論の余地なしというように。

「プレスタは十年振りに才を取り上げる。あの宴《うたげ》はなんだったのか。なぜ終わったのか。そして人はなぜ相争うのか。それを調査し、記事にしてくれたまえ」

◆

「下火になったのは、決着が付いたからですよ」

携帯越しに流川さんはそう答えた。

かつての事情はかつての記事を書いたライターから聞けばよい、ということで連絡を取り尋ねた結果の返答である。

「いちばん強い人が決まってしまえば、それ以上は喧嘩をする理由がないでしょう」

「……いちばん強い人って決まるものですか？」

スポーツではない喧嘩で客観的な強さが計れるだろうか。スポーツだってその時々の運不運がある。調子の善し悪しだっていいわけになるだろう。

そういう一切を判っている声で流川さんは続けた。

「わたしが書いた記事にあったでしょう。犲には三人の強者がいたんです。記事では判りやすくスタープレイヤーなんて書いていますが、取材した時には『あの人たち』と呼ばれていましたよ。畏《おそ》れ敬《うやま》われている様子でね」

「ありましたね。泥犬《どろいぬ》、病狐、屍狼《しかばねおおかみ》——でしたっけ」

喧嘩は今の日本では決闘罪にあたり、戦う本人たちだけでなく立会人も罪に問われてしまう。というわけで参加者は本名ではなく、動物に準《なぞら》えた名で呼ばれていたらしい。犲という大会名もそこに由来するのだろう。

「その三人が最強候補であるというのが取材時の評判でした。後に犲が終わったという噂を聞いた時も、三人の誰かが最強に決まったからだと」

「誰かって誰なんです」

さぁ、と流川さんの返事は笑いを含むものだった。そこまでは判りません。というよりもと続ける声も愉《たの》しげだ。

「本当に決まったのかどうか。柵馬さんが言うとおり、喧嘩に最強も何もないと思いますからね。真実は当の本人たちに訊くしかないでしょう」

「偽名を使ってた連中の素性《すじよう》を探るところから始めないといけないんですね……」

「いや、そのために詠坂さんを紹介したんですよ」

「——は？」

隣でマクドナルドの袋からフィレオフィッシュを取り出している小説家を見た。昼もすぎているのに朝飯もまだだというので買ったものだった。

今、俺たちは接世書房最寄り駅の駅前広場に置かれたベンチに座っている。空は十月の晴天で気持ちがいい。何かの皮肉ではないかと疑いたくなるほどだ。

「偽名はあくまで素性をおおっぴらにしないというだけで、身分を隠し通すためのものじゃありません。当時、犭の近くにいた人たちには戦っているのが誰か判っていたわけです。詠坂さんはその三人のうちの一人と知り合いなんですよ」

「……聞いてませんよ」

「自分から喋《しやべ》るキャラじゃありませんからね彼は。カウンタータイプというか。確か柵馬さんと同い歳ですから、貴重な友人になると思いますよ」

礼を言って俺は携帯を切った。まずそうにポテトを食べている詠坂に向き直って問う。

「当時、喧嘩してたやつと知り合いなのか？」

「知り合いというかなんというか……」

「そういうことは言っとけよ」

「いきなり言ったら面白くないじゃないですか」

「今、受けを取る必要ねーだろ」

くしゃっと袋をまとめ、ですかねと詠坂は頷く。

「まあでも、それで判ったよ。どうして小説家と取材に行かなくちゃいけないかが」

「小説家ったって、デビューしたてで著作は一本きりっすよ」

「俺はゼロだ」

「勝ったー」

詠坂は両拳を振り上げる。まったく嬉しそうではない。

「……まあ、普通に仕事がないんですよ。小説家なんてほざいてみたところで、売れなきゃほかに仕事が要る。で、コネに頼ったわけです。流川さんとは知り合いだったので」

「なるほどね」

「いや真剣にやりますよ、仕事は。コネだからって手を抜いたりはしません」

「何も言ってねーだろ」

「俺はもう十年近くフリーターやってますからね」

「は？」

「コネで入ってくるやつの使えなさは判ってるんで、自分は違うと言っときたいわけです」

妙な自負があるようだ。まあ俺も似たようなものかと思う。

ライターも仕事はほとんどコネで得るものだ。出向いた先で名前を覚えてもらい、好意で依頼をもらう。出版不況の影響を無視できないにしても、見知らぬところから依頼が来るほどの実力はないということだが、だからって腐るのは違う。

実力が評価されないなんていうのは当たり前なのだ。依頼された仕事に全力を尽くすのがプロの心意気なら、依頼されてもいない仕事に全力を尽くすのがフリーの心意気だ。仕事は選ばずやるし、手を抜かず書いてやらあという気概《きがい》もある。

あるのだが……

それも元気がない時には忘れてしまう。目の前の仕事をやっつけるだけで手一杯になることもしばしばだ。フリーでいる意味とはなんだと考えてしまったり、好きなだけ眠っていられることだけが利点じゃ割に合わないとか思ったり。

尊敬する人はいるけれど、いつか自分もあんなふうにという願望からして、持ち続けるには体力が要るのだ。それすら見失って、最近は立ち止まることも多い。やる気の有無と関係なく仕事は続けているが……そのことを頭ごなしに肯定できなくなっているのだ。歳のせいもあるのか、色々考えすぎてしまったりもする。

こぼれそうになるため息を殺し、流川さんの言葉を思い出して尋ねた。

「――詠坂お前、昭和五十四年生まれ？」

「はい。釘宮理恵《くぎみやりえ》とタメですよ」

「なんの参考にもなんねえよ。とにかくそれなら同い歳だ。敬語はなしでいいだろ」

「面倒なんですよね。タメ口のほうが」

面倒なのはお前の性格だという言葉が喉まで上がってきたが、飲み込む。

それで正直どう思うよと尋ねた。

「この格ゲーとストリートファイトを比較するって企画」

「プレスタらしくていいんじゃないすか。俺らがしくじらなきゃ面白いものになってくれるんじゃないですかね」

「言うなあ。フリーランスの醍醐味《だいごみ》ってか」

「二人占めですよ。独り占めじゃないぶん気楽でしょう」

詠坂は依頼に納得しているようだった。見た目にやる気は窺《うかが》えないし、無気力でいられたら困るのはこっちなのだが、妙に苛立つ気分もある。同い歳だからか。

俺が黙っていると詠坂は言う。

「柵馬さんもストⅡで遊んだ口でしょう。署名記事でも色々書いてましたよね」

「ゲーセン通いしてたら避けて通れないからな。ストⅡのヒットを受けて似たような格ゲーが山ほど出てきて、後々まで続く流れができあがるのをリアルタイムで見てきた。新しいジャンルの誕生に立ち会ったって自負があるよ」

格ゲー、対戦格闘というジャンルは対人戦を愉しむことが前提の作りになっている。それは人間に匹敵《ひってき》する動作をするAIを作るのが難しいという理由に加え、ゲームセンター、アーケード、業務用……どんな呼び方でも構わないけれど、筐体《きょうたい》で硬貨を稼ぐ商売から出てきたという生まれによるところが大きいのだろう。

人間の相手をAIが務めれば一度に一枚の硬貨しか稼げないが、人間と人間を戦わせれば双方から一枚ずつ硬貨が稼げる。しかも協力プレイと違い、決着が付けば片方はゲームオーバーになり、次の硬貨投入へ繋がるのだ。単位時間あたりに筐体が稼ぎ出す数字はインカムと呼ばれ、正式稼働前のロケテストなどでもそれを参考にバランス取りがされたり、極端な場合は発売が見合わせられたりする。プレイヤー同士を戦わせる格ゲーは、インカム重視の市場に合致していたというわけだ。

　もちろんそんなものはゲーセンを営《いとな》むオペレータやメーカーの事情であって、プレイヤーは対戦を通じてのコミュニケーションを愉しんでいた。

　それは同じゲームを個別に遊ぶのとはまた違う、一段深い付き合いだったように思う。今でこそ見知らぬプレイヤーとのマルチプレイは珍しくないけれど、そういう楽しさを最初に教えてくれたのが一連の格ゲーだったわけだ。ストⅡに代表されてはいるものの、俺の中ではジャンルごとひとまとめになっている。

　そんなようなことを言うと、詠坂はなるほどねぇと真剣な顔で頷いた。

「コミュニケーションツールとしての格ゲーかぁ」

「そんな珍しい考え方じゃないだろ」

「ですかね。ただ俺はゲーム全般、ディスコミュニケーション的に遊んできたふしがあるんで。一人でも遊べるのがその偉大さだと信じているというか……」

「なら格ゲーは合わないんじゃないか」

「いや、対人戦でも遊びようはありますよ。勝利至上主義で、卑怯なハメ技使いまくるとかね。俺の待ちガイルがどんだけ友情を試してきたと思ってるんです」

「最悪だなお前」

「俺にとって格ゲーは現代のゲームって印象が強いですね。必殺技を出すためのコマンドや、いくつもあるボタンとレバーをとっさに選んで入力するさまに、『これからのゲームはこうだろ？』っていう感じが凄くしたのを覚えてます」

それはそれで頷けるところのある意見だった。ボタンを定められた順番に押すという意味のコマンドは格ゲー以前にもあったけれど、それはゲームを解くためのものであったり、裏技入力のためのものであったりした。３Ｄダンジョンを抜けるための道筋であったり、アドベンチャーゲームを解く選択肢の順番であったり、あるいは『上上下下左右左右ＢＡ』で有名なコナミコマンドであったりと。

「格ゲーはアクションゲームの系譜《けいふ》に連《つら》なるのでしょうけど、それまでのアクションは、押すタイミングや連射速度が技量を分ける要素でしたよね。パターンを見切り、解法が求めてくることを為す。それはそれで楽しい遊びですけど、格ゲーはそこに入力の正確さと駆け引きを足した感じがします。とりわけ駆け引きを構成する対戦相手を」

もしかしてと詠坂は続けた。

「実際の喧嘩もそうなのかもしれませんね」

「どういうことだよ」

「いえ、腕相撲みたいな単純な力比べに飽きたから喧嘩を求め、人を効率よく集めるために舞台を用意したのかもしれないなと。才なんて名前まで付けて」

◆

おそらくは皆さん、それぞれに最強であったのでしょう。

いえ、煙《けむ》に巻くつもりはありませんよ。

たとえば、合気における最強とはなんだと思われますか。

敵意を持つ相手を首尾《しゅび》良く倒すこと、そもそも相手に隙《すき》を見せず向かってこさせないこと、危うきがあることを遠方より察知し近づかぬこと。

それぞれ正しく強さの形でしょうが、最も強いとは言えません。

最強とは、争いに勝つことでも、争いを避けることでもない。争う相手と友人になること、敵を味方にしてしまうことを言うのです。敵味方の区別がなくなれば強い弱いも意味を持たなくなる。それこそ理念が語るところなんですよ。

理想にすぎると思われるかもしれませんね。

目指すところがそんなものなら、日々稽古に励《はげ》むのは無駄ではないかと。

そうではないのです。

理想は理屈、つまり頭で理解するものでしょう。しかし人は頭だけでできているのではない。頭を支える躰《からだ》を持ち、そこから生まれる欲や情もまた人を成す要素です。それらを認めつつ制するため、頭での理解を腹から了解するため、稽古をしなければならないのですよ。苦しまなければ判らないこともあるのです。まず愛を持って敵に当たるという理念自体、先人たちが無為無残な戦いの果てに至ったものなのですから。ただ理に沿っているからと、苦せず了解できるものでもありません。

わたしがあの祭――犭に参加したのはそれが理由なのです。

当時は二十歳をようやく超えたころ、幼少よりの稽古で身につけた技がどこまで通用するものか知りたい、そんな想いがあったことも否定はしません。

また、とかく軽んじられがちな合気の技を証明したいという想いもないではありませんでした。わけてもわたしの流派は本流が否定する立ち合い、実戦での使用まで想定しております。推奨しているわけではありませんが、修業や立ち合いの痛みまで否定したのでは始まらないという考え方をとっていますから。

犭では色々勉強をさせてもらいました。いや、今にして思えばということですが。

当時はただ必死でしたよ。

合気の技が有用であることはすぐ証明できました。

道場の畳ではなくアスファルトの上で、平らでもなければ邪魔なものが払われているわけでもない路地で、時には建物の屋上や河川敷などで——舞台は色々でしたが、相手は同じ人間。稽古と違う点と言えば、対峙《たいじ》に愛がないということくらいです。それでも、しばらくのあいだは危なげなく戦いを終えることができました。

勝ったと言いたくはありませんね。そもそもが喧嘩です。きちんとしたルールがある試合と違い、勝敗は明瞭《めいりよう》なものではありませんから。

それでも戦いを続けていれば同じように続けている者と組まされる。そんな仕組みができていたのだと思います。当初は本当に喧嘩しか知らないような人が相手でしたが、次第に稽古をしている人と当たるようになりました。

実のところ怖かったですよ。

わたしという存在は合気によって立つわけです。人生をそこに捧げてきましたからね。もし合気の通用しない相手が現れれば、人生が無駄になってしまうと思いました。

いえ、無論そんなのは狭い考え方です。

わたし一人が負けたから合気すべてが無駄であるなど、おこがましいでしょう。誰に負けようと、それはわたしの技が達していなかっただけのこと。

それに、今までの人生が無駄だったことになるのは嫌だから勝ちたいなどと思うこと自体、

克己《こっき》すべき執着と言えます。勝ちにこだわっていては、敵意を持ち向かってくる相手に愛をもって当たるなど望めませんからね、

そこに思い至ったわたしは当時、すそのものを止めようと考え始めたのですよ。参加していた人たちを思えばこその願いでした。しかし争いを止めるには話を聞いてもらわなければならず、話を聞いてもらうには強さという実績が要る。

わたしはすで誰より強くなろうと思いました。

ええ。そう思うからには、当時、自分よりも強い人がいたわけです。

泥犬と屍狼……二人のことは御存知でしょうか。

そうですか。

ええ、二人とはあれから一度も会っていないし、これからも会うことはないでしょう。しかし彼らに対して嫌な気持ちはありません。これは当時からそうでしたよ。わたしとまったく違うタイプの人種であったからかもしれません。

泥犬は、まさにその名のとおり犬——獣でしたね。

体系だった技を身につけているわけではなく、本能のおもむくまま戦っているような人でした。だからといって格闘技を知らないわけではないのです。さまざまな相手と戦った経験から直感的に戦いというものを理解しているのでしょう。技も躰も稽古で練り上げたもので

はなく、日々の喧嘩から得ていたのだろうと思います。

呼吸するように戦うという意味で、泥犬はまさに唯一の人でしたよ。

一方の屍狼はなんというか、純粋な強さを求めている人でしたね。背が高く躰は分厚く幅もあって、相対すると世界が暗く見えたものです。プロレスラーのように立ち居振る舞いそのものがひとつの作品であるかのようでした。

今では総合の格闘家に？　なるほど、いやそうであっても頷けますね。力に対し貪欲《どんよく》で、恵まれた体軀に頼り切ることもなく、相手を分析する能力に長《た》け、喧嘩を戦術を試す場として捉えるほどクレバーでもありましたから。

お二人とも強かったです。

ええ。わたしよりも。

わたしはあの日、負けたのですから。

そうです。完膚無《かんぷな》きまでに敗れ去りました。

決着の場を提案したのはわたしです。

街から離れた港の貸倉庫を選んだのは、見物客をなくしたかったからですよ。この二人に勝てばｼﾏを終わらせられるはず。けれど観客がいれば余計なものが混じってしまう。それは嫌だと思いました。これほどの相手は得がたい。純粋に戦いと向き合いたいという気持ちがあったことも否定はしません。

夏でしたね。

その貸倉庫はちょっとした学校の体育館ほどの大きさで、天井まで高さがあり、荷物が所狭しと積み上げられていて、面と向かっての喧嘩にはあまり適していない——それだけにバトルロイヤルの場としてはぴったりでした。

あの日、わたしは予定時刻より早くそこへ行きました。

場所を決めたのはわたしですからね。日が暮れたあとで倉庫内の蛍光灯を点しつつ、感慨深く思ったのを覚えています。開いた窓から吹き込んでくる潮風のせいだったかもしれません。今日で終わりにしてやろう——そんなふうに思いながら名残《なごり》惜しくも感じるのですから、人とは勝手なものです。

まず現れたのは泥犬でした。彼は時間に正確でしたよ。屍狼を待つあいだ、二言三言交わした言葉を覚えています。

『泥犬、僕は今日ですべてを終わらせる気だよ』

『……そうか。こっちはこっちでいつもどおりやるだけだ』

命令だからなと付け加える彼は、やはり争いを当然と思っている顔つきでした。見ようによっては無気力とも取れるその姿が、いざ喧嘩となると一変するのです。

予定時刻を三十分ほどすぎ、丈と厚みのある屍狼の姿がようやく現れました。たがいに視線を交わし肩を竦《すく》めれば、それが挨拶代わりです。わたしたちはそれぞれに有利と思える距離を取り、誰からともなく構え——戦いは始まりました。

あまり語ることはありません。

観客なり解説者なりがいれば相応に語りようもあるのでしょうが、相対する本人たちにすれば必死なばかりですよ。

わたしはその日、向かい来るすべての攻撃を受け流す心積もりで臨みました。二人が疲れ果てて、戦いを自然にやめるよう仕向けようと。しかし実際に始まってしまえば、そんな想いはどこかに消し飛んでしまったのです。入身《いりみ》投げ、小手返し、四方投げ——どれだけの技をかけても二人の戦意は衰《おとろ》えないようでした。ならばと奮起《ふんき》するだけの若さもありましたから、それは自分の限界との争いでもありましたよ。

そうですね。投げることはできたのですから、そこから寝技に持ち込むなり、急所への打撃など使っていれば、後の展開は変わっていたのかもしれません。しかしそれらはもう合気の枠ではない、護身の領分でもないでしょう。

いえ、流派の自負だけではなく、勝算まで見た選択ですよ。

打撃は繰り出しただけ疲労します。返し技のみを使うぶんには、倍する敵を相手取っても戦い続けられる――それまたひとつの合理であるのです。あらゆる手で寄せる相手は、こちらの倍疲れるということでもありますし。

それなのに、二人よりわたしのほうに一足早く限界は訪れたようでした。

二人は二人で団結してわたしに当たっていたわけではなく、それぞれおたがいが存分にやりあっていたというのにですよ。

貸倉庫の二階――と言っても壁際にキャットウォークがあるだけなのですが、その手すりは低く、通路も狭いところでした。そこで疲労から窮地《きゅうち》にあったわたしは、それでも呼吸投げで泥犬を階下へ落としたのです。呼吸投げなどというものが演舞以外で決まったのは、あとにも先にもあの一度きりです。

人体が落下し地面に叩き付けられる音が嫌に響きました。

自分で投げておいて信じられず、とっさに下を覗き込むと、すでに泥犬は起き上がり走り出しています。ダメージがないように見えました。その景色と技が成功したことの驚きが、わずかにせよわたしを目の前の状況から遠ざけたのです。

その隙を突かれたということになるのでしょうね。

振り向くと屍狼が立っていました。

間合いは五歩。必死の形相でしたが、どこか嬉しそうにも見えました。

わたしは尋ねました。

『どうして僕らは戦うんだろうね』

『強くなるためだろう』

明快でしたね。そのあと屍狼が繰り出してきた技と同様に。

やってきたのは小細工なしのタックルです。言ったようにそこは狭い通路でした。打撃ではない突進には、避けもいなしも発揮する余地がない場所です。選ぶ道はひとつしかありません。泥犬のあとを追い階下に飛び降りる。

しかしそうする気になれなかったのですよ。なぜでしょうか。

合気にそぐわない行動だと思えたからかもしれません。

向かい来る屍狼が敵とは思えなかったからかもしれません。

タックルを喰らい、わたしは地面に倒されました。即座、首に屍狼の太い腕が巻き付いてきたのを覚えています。裸締めです。

それからあとは覚えていません。意識が落ちてしまったからです。

次に気づいた時、わたしは貸倉庫の床に倒れていました。

大した時間は経っていなかったようです。三十分か一時間。いずれにしても、もうそこには泥犬も屍狼もいませんでした。ですから二人がどうなったかはともかく、わたしが負けたことだけは間違いないのです。

そしてその日を境《さかい》に才は終息に向かいました。

それ以上、わたしが戦い続ける理由もなくなったのです。

◆

「格ゲーのストーリーって大概がひどいですよね」

道場をあとにして駅まで歩く道中、詠坂はそう切り出した。

「どれもこれもまったく記憶に残らない。なぜ戦うのか、キャラごとに動機付けは用意されていますが、正直言って右から左でしょう」

「要らないからな。ゲーム部分が面白けりゃ物語なんて」

「そこですよ。そのとおりなんです。でもそれって、格ゲーに限らずゲーム全般に言えることですよね。実際、ほとんどのゲームでストーリーは添え物でしょう。それでも特に格ゲーはひどい印象がある」

「設定だけなら無茶苦茶凝《こ》ってるものもあるだろ。ゲーム中で語られないだけで」

「ええそうですね。だからストーリーがひどいっていうのは、そう見えるっていう部分が大きいんじゃないかと思うんですよ」

「そう見える……？」

はいと詠坂は力強く頷く。

「ファミコンのようにキャラを小さくしか描けない時代では、誰もストーリーなんて問わなかった。格ゲーって、ハードの性能が上がってキャラを大きく描くことができるようになって花開いたところがあるじゃないですか。ほかのジャンルに比べてキャラが画面に占める面積が大きいし、３Ｄ格闘でも、キャラのモデルに使うポリゴン量なんかはほかと比べて多いんじゃないですかね」

なるほどと思う。詠坂の言いたいことが判ったのだ。

「キャラの造形に手間がかかってて感情移入しやすいぶん、相対的にストーリーがひどいことが際立つわけか」

「ええ。動きの多彩さや、それをプレイヤーに操らせる感覚も抜群でしょう。そこが肝でもあるんです。キャラとプレイヤーはコンパネを通じて一体となっている。それだけに、いざ幕間《まくあい》やエンディングでキャラが操作を離れてプレイヤーが観客になった時の落差が大きく感じられてしまう。そう思っていたんですが」

「が？　違うのか」

不意に詠坂は話題を変えた。

「話していて愉しそうだったじゃないですか、ええと……病狐さんか。喧嘩を止めるためと言ってはいましたが、やっぱり戦うことを面白がってもいたんでしょう」

「青春の想い出だからってだけじゃなさそうだったな」

「思ったんですよ、現実の喧嘩もそこは格ゲーと同じだと。ストーリーのひどさを感じるのは、ゲームをしていない時でしょう。戦いが始まればそうなるに至った過程は消え、戦う相手だけが残る。病狐さんはそんな最中、合気の枠にこだわったために負けた。それってゲームと相似形を描いていると思いませんか。戦うこと自体が先にあって、その理由がおいてけぼりになるところとか。だとしたら、相対的にではなく、絶対的に格ゲーのストーリーはひどい。いや、ひどくていいのかもと思うんです」

小説家はそういうふうに脈絡《みゃくらく》を付けるものなのか。

素直に感心したので頷くと、いやいやと詠坂はあきれ声で言うのだった。柵馬さんも考えなきゃいけないでしょうと。

「ゲームと現実を無理矢理比較して語る企画なんですから」

「だな。でも俺は――」

もっとミーハーな聞き方をしていたのだった。

泥犬と病狐と屍狼。三人のうち、病狐は負けた。

では、勝ったのは二人のうちどっちだったんだろうと。

尋ねると、ううんと詠坂は頷いた。

「残る二人に聞いてみて……いや、聞いても判らないかもしれませんけど」

聞いて判る程度のことなら十年前に流川さんが書いているはずだと言いたいんだろう。

「それで、次に会うのはどっちにする？」

「屍狼さんにしましょう。話が通じやすいほうから」

◆

手間をかけさせて悪いな。

ま、犭の話って言われたら、及び腰にはそりゃなるよ。

いや、怖いと言やあそのとおりだが……そうだな、俺も総合格闘家だ。打投極《だとうきょく》は一通りできるし、どんな場面、マッチメイクだろうと逃げるつもりはない。

犭か。

本当にごちゃまぜだったよ。素人に毛が生えた程度のやつもいれば、ボクシングや空手をやるやつが腕試しに参加してることもあった。俺もその口だ。

強くなりたかったからな。

シンプルだろう？

ただ、こういう理由は案外少数派なんだぜ。すでも、総合でもな。

最初は誰でもそうだったはずなのに、いつの間にか別の理由にすり替わっちまうんだ。恋人や子供がそのきっかけになることもあれば、金や生活が原因ってこともある。大きな借金を背負ったり、勢いあまって誰かを殺しちまったりなんてドラマチックなのは少なくてな、大抵は、気づいたら別の理由で戦うようになってるんだ。それに興行である以上、勝ち方だけじゃない、負け方なんてものを考える必要も出てくるし。

複雑だろう？

それだけ喧嘩が強いっていうことには正体がないのかもな。

勝負は時の運。無差別なマッチメイクならなおさらだ。変な話、強さを定めるためにルールが欲しくなったりもする。

本末転倒だな。喧嘩から始めて、スポーツを望んだ。

当時の俺は色々なやつと戦いたかった。あらゆる技への対処を覚え、どんな状況でも勝てるようになりたかった。そうして戦い続けるうち、自然と最強候補の一人になったのさ。候補が二人じゃなく三人ってのがいかにも犭らしいと、今振り返ってみて思うね。それもまぁ三人が三人ともバラバラなんだ。戦うスタイルが。

泥犬に病狐、そして俺——屍狼。

その中じゃ俺がいちばん正統派だったな。喧嘩に正統なんてものがあるとすればだが。病狐は合気一本の人間だった。道具どころか打撃もろくに使わない。だからって隙があるわけじゃない。むしろ歴史に篩《ふる》われてきた手法の力を勉強させられたよ。ひとつの道を究《きわ》めること、縛るはずのルールがそのまま凶器になる世界があることを教わった。あいつの道場はそれなりに賑《にぎ》わってるんだろう？　護身術としてはもちろん、格闘技としても、それが正しい姿だと思うよ。興行はどうしたって邪道さ。

泥犬はそれと正反対、不条理だよ。なんのルールにも従っていない。戦ってるとそれを痛感する。どんな技でも使ってくるところはバーリトゥードに似ているんだが、より根源的な戦い方をする印象が強い。犭で俺たちは動物の名前を与えられていたが、泥犬だけは本当に獣のようだったよ。才能というより世界観が違う感じの強さ。犭なんか関係なく、日常的に戦ってもいたんだろうな。

　こうしてみると、泥犬と病狐の中間に俺がいるって感じがしてくる。応用が利くと見るべきか、中途半端と見るべきかね。

ただ、今も戦いを人に見せているのは俺だけだ。他人の目を意識するのは興行をやる上で不可欠だが、あの二人はそういうことを考えるには純粋すぎるだろうよ。

——あぁそうか、最後の喧嘩の話だったな。

そう。波止場の貸倉庫だった。

バトルロイヤルだったし、とりあえず二人を争わせて勝ったほうとやる——そういうのが戦略として正しかったんだろうけどな、当時は俺も純粋だったからさ、まともに二人とぶつかったよ。いや、今は今でまた、そんな賢い戦い方はできないかな。客の目や興行的なことを考えてしまうからな。

結果から言えば、俺は負けた。完敗さ。

いや、惜しい瞬間はあった。

二階の狭い通路に病狐を追い詰め、タックルからマウントを取ってチョークを極《き》めた時は、勝ったと思った。実際、リングだったら決まっていただろうよ。

チョークスリーパーに限らず、首を絞められたやつの反応は決まっているんだ。首を絞めるものを掴み、それ以上絞まらないようにした上で外そうとする。けどな、それだけはさせないようこっちも腕を固定してるんだ。ナイフで刺されたって離しはしないよ。むしろ相手の手がそれで塞《ふさ》がるのを歓迎するくらいだ。

けど、病狐は普通じゃなかった。

首を絞められながら、両手で地面を押したのさ。この俺にのしかかられながら躰を起こし、膝を突いて、中腰になりやがった。

……あ？　何かおかしいか？

なんでもない？　ふうん。

とにかく首を絞めている俺ごと病狐は立ち上がろうとしたわけだ。

だから俺も膝で地を突いたんだ。躰を固定しないと押さえつけようがないからな。

その瞬間だよ。

病狐が躰の方向を変えて、目の前の壁を蹴ったのは。

二階で戦っていたことは話したっけか。

俺たちが戦ってたのは狭い通路で、片側は壁、片側は低い手すりがあるだけで、その向こうは一階まで吹き抜けになってて――

知ってる？　そうかい。

とにかく病狐が壁を蹴ったせいで、俺たちは絡まったまま一階へ落っこちた。

下はコンクリ。体重《ウエイト》も病狐より俺のほうが二〇キロは重い。あぁ死んだかなと、落ちながら思ったね。病狐の下敷きになる格好で、コンクリに頭を叩き付けてな。

落下地点にフォークリフトのパレットが積まれていたのは、ただの幸運だったのさ。あれだって堅いが、コンクリに比べれば撓《たわ》むし、衝撃も少ない。

さすがに病狐の躰は離しちまったが、俺は意識を飛ばさずに済んだ。俺が下敷きになったぶん病狐のダメージは少なかったろうが、立ち上がったのはほぼ同時だったよ。

え？　そうさ。病狐も意識はしっかりしていたよ。

その時、話をしたくらいだからな。俺から話しかけたのさ。

『感動するな、おい』

『――戦うことに？』

『戦ってくれることにだよ』

なぁ、現代で身ひとつの喧嘩が強いことにどれだけの意味があると思う？　総合格闘だって、強いから試合を組んでもらえるわけじゃない。華があったり、因縁があったり、口がよく回ったり、試合を組む要素は色々ある。強い弱いなんてのは幻《まぼろし》さ。勝ち負けさえ数ある評価のひとつでしかない。プロレスほど露骨じゃないってだけで、俺のやってることは見世物なんだよ。見世物だからそりゃあ賑やかだ。

けれど舞台から離れれば途端に相手はいなくなる。

当然さ。見世物はやるやつが少ないから成立するんだ。舞台を離れたところで戦ってくれる相手は貴重になる。敵として対峙してくれるだけで充分。自分の技を受け止めてくれる相手となると、もう高望みと言っていい。

それがあの時はいたんだ。それも分野違いのところにな。

俺は病狐と向かい合いながらその時、感動していたよ。

次の瞬間だったね。

死角から泥犬が駆けてきて、跳び蹴りを繰り出してきたのさ。跫音《あしおと》で来るのは判っていたが、駆け寄ってからの跳び蹴りなんて素人技だからな、想定外だった。

俺はガードを上げて受けるしかなかった。

重たかったね。それに速い。

さっきも言ったが、泥犬は俺や病狐と違う。歴史や理屈から学んじゃいないのさ。型を持ってもいない。だから跳び蹴りのインパクトの瞬間、足を真横に動かして俺のガードを弾き飛ばすなんて真似ができたんだ。

あんな才能に頼った動きは型として成立するものじゃない。

目の前に降り立った泥犬は即座、躰を落としたよ。

姿を追おうと俺は腕を戻して下を向いたんだが、それが泥犬の狙いだったんだろう。不安定な状態から繰り出されたアッパーをもろに喰っちまった。

それが拳じゃなく掌底だと知ったのは、振り抜いた泥犬の姿を見たからだ。

そうさ、その時はまだ意識があったんだよ。それだけじゃなく、左手を伸ばして泥犬の衿《えり》を摑むこともできた。その状態から右拳を顔面に突き出して――カウンターで左肘をもらっちまったんだ。掌底を喰ったばかりの顎《あご》にな。

世界がゆらっと傾《かたむ》いたね。躰も回ったみたいだった。それも病狐が視界に入ってきたから判ったことだ。頭全体が揺さぶられた結果の脳震盪《のうしんとう》だよ。平衡感覚がなくなって躰に力が入らなくなる。仰向けに倒れたね。

けど意識はそれから三十秒くらいはあったよ。

泥犬が病狐と戦ってる気配が伝わってきた。顔を向けることもできなかったが、そういうのは判る。負けたって実感があって、悔しくも思ったが――意識が消えるまでのあいだに後悔はなかった。やるだけやったという実感があったさ。

目覚めた時には病院だった。

泥犬か病狐、どっちかが救急車を呼んでくれたんだろう。勝ったほうだと思うが、どっちが勝ったかは知らない。あれ以来会っていないしな。

どっちが勝ったか興味がなくはないが、知りたいとも思えなかった。

俺にとっては、自分が負けたこと、敗北から得られた感覚のほうが大事だった。こういう喧嘩、こういう舞台じゃ、俺はいちばんになれないんだっていう。

　つまりルールが欲しくなったわけだ。

　自分にとって得意なルールじゃないぜ。毎回変わるものだっていい。ただ、ひとつの戦いを律するルールが欲しいなって。それでせっかくだ。色々な喧嘩を体験してきた自負があった俺は総合格闘を選んだんだよ。もちろんここにはここで、俺がそれまで想像もしてなかった戦いがあったわけだけどな。

　いつかまたルール無用の喧嘩に誘われたら？

……いや、乗らないよ。

　同じことを繰り返すつもりもない。あの時俺は道を選んだんだ。そして十年歩いてきた。

あの道もこの道も同じさ。

　ずっと続いていて、極め甲斐がある。

　寄り道をする気はないね。

◆

　屍狼は大きな人間だった。

俺も身長は一八〇センチを超えているので、あまり人を見て大きいと思うことはないのだけれど、ちょっと存在そのものが違う感じなのだ。筋肉と脂肪で武装した躰の厚みはすさまじく、ゆっくりとしたリズムで紡《つむ》がれる言葉まで重たく聞こえた。打撃を受け続けてきたせいなのか、のっぺりとした造作の顔も印象深い。

けれどいちばん人と違うのは雰囲気だ。目を惹きつける何かがある。

観客の視線がある中で戦う者の、それこそがタレントなのかもしれない。

向こうが指定した駅ビル地階の洋食屋で取材を終え、外に出てタクシーで去りゆく屍狼を見送ると、話の中で何度も感じた疑問点が浮かび上がってくる。

目を細めて何を考えているか判らない顔の詠坂に尋ねた。

「どういうことだ？」

「何がですか」

「矛盾してるだろ。病狐と屍狼の話」

病狐は、屍狼に絞め落とされて負けたと言っていた。だが屍狼の話ではその続きがあり、自分は泥犬に負けたという。

さらには自分を下したあとで、泥犬は病狐と戦ったようだとも。

「普通に考えるなら、何か勘違いをしてるんでしょうねぇ」

「二人とも才の想い出は重たく感じてたふうじゃないか。人生の支えになってるっていうか。そんな記憶を勘違いしたりしないだろ」

へえ、という顔で詠坂は俺を見た。

「自分にも似たような経験があるってな言い方ですねえ」

「ねぇよ」

「俺もねぇです」

はいと詠坂は頷き、視線を逸らすと、でもと続けた。

「重たいからこそ勘違いしたのかもしれませんよ」

「どういうことだよ」

「どうっていうか――まあいいや。最後のひとりに話を聞いてからにしましょう。ほとんど俺が依頼された理由って、彼との伝手《つて》があるって一点だけですし」

泥犬。

説明を聞いても像の浮かばない相手だった。

ただ、と気の乗らない顔で詠坂は言う。

「楽しく昔話をするような人じゃないんですよね。物凄く原始的な神様に仕える神官というか、世間と関係のないところで生きてるっていうか……」

「さっぱり判らないな」

「会えば判りますよ。そういう人だけに記憶を脚色したりもしないはずだから、話も信用できるはずです」

もっとも詠坂は付け加えた。

「彼の真実なんてものが、記憶の中にあるとすればですけど」

◆

あまり覚えてないな。

いや、二人のことは覚えている。狐と狼だ。

波止場の貸倉庫。そう、そうだったな。

強かったよ。強さで覚えてはいないけどな。狐も狼もそれぞれ戦う理由があったみたいで、それを覚えているだけだ。

俺？　俺にはないよ。わざわざ言うほどの理由はな。

もう十年も前になるのか。そのころはまだ考えないことができてたからな。そういうものだと思って戦ってたんだろう。頼まれたからそうしているだけで。

誰に頼まれたって……誰でもいいだろう。とにかく戦うことは得意なんだ。決められるま、決められた相手とやってただけさ。

結果は勝ったり負けたり色々だ。

……いちばん強い？　俺が？

そんなわけないさ。強くなることに関心もなかったしな。

どうして？

そういうことが得意だって言っただろ。だからさ。

想像になるが、野生の動物は生きる理由を考えないだろうよ。ただ生きるために生きる。けれど人間はそうじゃないよな。あれこれ色々と考える。考えるだけの理由もあるんだろう。生きる理由があるほうが強いとか、なんとか。

人に言わせると、俺はあの時、雑種だったらしいのさ。

人と獣の。

元は獣そのもので、それが人になりかけてたというかな。生きる理由が必要になる時期だったと言うんだよ。そのために喧嘩をさせていたそうだ。続けていれば自負になる。俺は今でも喧嘩が得意だし、それが生かせる仕事をしてる。十年前のことがすべてじゃないが、あれがひとつの道筋になったことは確かだ。

毎度、勝とうとしていたが、負けても何もなかった。

そんなだからあの喧嘩とこの喧嘩の区別もない。狐と狼を覚えているのは例外なんだ。これで最後だって言われたからかもな。最後って響きが新鮮で、意味は知ってたが、こういうふうに使う言葉なのかと思ったのを覚えてる。

実際、あれで最後だったのか？

そうか。

疑ってたわけじゃないが、興味がなかったからな。

――負けたよ。

狐に投げられたのさ。二階にいて、狐の左手を摑んだ時だった。確かガードを崩そうとしたんだったかな。俺に摑まれたまま狐はすっと動いたんだ。あとで思い出してもよく判らない。躰が地面から離れて、気づくと手すり越しに投げられてた。

あれはなんなんだろうな。

攻撃を喰らうと腸《はらわた》が煮えて頭は冷えるものさ。それで、こういけばやれるって絵が見えてくる。だけどそういうのがあの時は一切なかった。

やりたくないって思っただけだ。

そう思わせることが狙いだったのかもな。

とにかく俺は一階に落ちた。だが背骨は砕けちゃいない。まだ戦えるぞと飛び起きたところで、狼が来たのさ。

そっちに突進したよ。こっちなら相手にできると。

確かに相手にはできた。

重たいのを何発か喰ったが、俺もいくつかいいのを入れてやった。

だが狼は倒れない。攻撃が効いてるふうでもない。何発入れても闘志が折れない。

何かを信じているからだ。

当時の俺でもそれが判った。俺にないものが相手にあることが。

強くなろうって気持ちだろうな、あれが。

それで怖いと思ったんだよ。

相手が怖いと心底思った。

だから逃げた。

そう逃げたんだよ。犬らしく尻尾を巻いてな。

それまで逃げたことはなかった。負けることはあっても、負けると思わなかったせいさ。

そう計算することさえできなかったんだ。死ぬことも怖くない。いや、最初から考えてないのさ。だから逃げるなんて考えもつかない。

それが最強っていうことだと言うやつもいたが、俺は違うと思うよ。

いや、違うと教えられたと言うべきか。

あとで言われたよ。戦う理由がある人間は強いだろって。

それを俺が理解したから喧嘩は終わりだって理屈でな。

ああいう喧嘩は、確かにあれが最後だった。

それから俺はいくらか自分で考えるようになって、戦う時も周りを見るようになった。

それで戦い方が変わるわけでもないが、心持ちは変わる。勝てばこうしようとか、負けた時はこうしようとか、最悪の場合はこう死のうとか、そういうことまで喧嘩に含められるようになって、ひとつ人間らしくなれたのさ。

多分な。

◆

素性不明。

待ち合わせ場所である大衆食堂に現れた泥犬の印象はそういうものだった。

ロングコートを着こみ、短く刈った髪、鋭い眼光、それでいて無表情な顔つきは、とっつきにくそうという一言である。

病狐と屍狼の話から狂犬みたいな人格を想像していたのだけれど、話はスムーズで、俺たちのために言葉を選んでくれている感じもあった。それでも顔や手のそこかしこに生傷は見え、今も荒事を続けていることが伝わってくる。

詠坂によれば泥犬は探偵なのだという。その世界では結構有名らしい。

泥犬への取材は三人の中でいちばん短かった。

話し好きな性格ではないんだろう。長居しづらい食堂はそのために選ばれたのかもしれない。どうも俺たちの取材を義理で受けたようなのだ。

「俺に対する義理じゃありませんよ」

帰り道で詠坂は首を振りそう言った。思うところでもあるのか遠い目をして、あの人は今でも犬なんですよと付け加える。

あまり詳しく突っ込んでいい雰囲気ではなかった。

俺は本題だけを考えようと思い、尋ねた。

「結局、何がどうなってんだ？」

貸倉庫での決戦――そんな煽りまで考えてたのに、結果がよく判らない。

三人が三人とも違うことを言っている。

「全員、自分は負けたって言ってたよな」

「言ってましたね」

「おかしいだろ」

「そうですか？　解釈のしようはいくらでもあると思いますけど」

「たとえばなんだよ」

「四人目がいたとか。病狐は、裸締めを喰らいながら無意識の動作によって屍狼とともに一階に落ちたところで気絶したんです。そのあと、屍狼の顎に掌底とカウンターの追い打ちで脳震盪を起こさせたのもその四人目だし、泥犬が敵わないと感じて逃げ去った相手というのも四人目です。つまり勝ったのはその四人目ですよ」

そうなのか？　いや——

「誰も四人目がいるなんて言わなかったぞ」

「叙述《じょじゅつ》トリックですよ。泥犬、病狐、屍狼なんて通称で呼び合っといて、二人一役がないなんてありえないじゃないですか！」

そういえば、詠坂はミステリ系の小説書きなのだそうだ。

「……お前の書く小説ならそうなのかもしれないが、そんな理由で組み立てられた物語を信じろって言われても無理だぜ」

「柵馬さんにはそうでしょうね。もちろんプレスタの読者にも」

「判ってんなら言うな」

「じゃあこういうのはどうです？　貸倉庫での決戦は、実は一度ではなかった。二回以上あって、三人はそれぞれいちばん印象深い回を覚えていたんです」

人を増やす案が駄目なので、戦闘のほうを増やしてきたか。

「その時が最後で、犭での喧嘩は終わりにしたって三人とも言ってただろ」

「最後最後と言いつつやめられなかったとしたら？　ゲームと一緒で、続けるかどうかは負けたほうに主導権があるものですよ。格ゲーらしくていいじゃないですか」

「格ゲーらしくね……」

確かにゲームなら同じ相手と何度も戦う。

そこでは二本先取の三ラウンド制が基本だ。そのラウンド制もアーケードの基準――数分でワンコインを消費させる思惑の結果として定着したものなのだろう。

だからか、出向いて戦うといった印象が格ゲーにはある。

もっと言えば、同じタイトルでも、家でやるのとゲーセンで硬貨を突っ込みプレイするのとでは心持ちが違う。外でやるのが本番という意識があるのだ。相手が人間であることは変わりないのに、あれはなんなのだろう。

ストリートファイトという意識が関わってくるのか。

戦うために定められた場所へおもむき、憎んでもいない相手と喧嘩をする。かつてあった才と、どこか被っている気がした。

そのあたりを突っ込めば記事になるだろうか。

駅が近づき、周囲が賑やかになってくる。自動車の走行音を別にすれば、ひときわ騒がしいのはパチンコ屋とゲーセンだ。いや、今はアミューズメントセンターと言うのが正しいのか。照明が放つルクス数も俺が子供のころとは違う。

なんとはなし、寄ってくかという流れになってゲーセンに入った。

ブラウン管を使った厚みのある筐体が減り、垂直に立った液晶筐体が並んでいる。おかげで照り返しも気にならず、プレイヤーたちは背筋を伸ばしてゲームをしていた。

さまざまな変化が目に付くが、奥まったレトロゲームコーナーには昔ながらの空気が残っていた。置いてある自動販売機まで懐かしく感じられる。真っ昼間なのにスーツ姿のサラリーマンらしい客がいるのも昔と変わらない。ただ、そういう客がみんな自分より年下に見えたのが、ちょっとショックに感じるくらいだ。

ラインナップを見れば、ドラゴンバスターがあり、コラムスがあり、レイフォースがあり、ファイナルロマンスRがある。ここの店長も同世代に違いない。

格ゲーのセレクトは餓狼《ガロ》スペとストⅡだった。筐体を二台向かい合わせに配置している点が、格ゲーはこうじゃなくちゃいけないという思想の表れというより、単なる在庫とデッドスペースの有効利用に思えてくる。

ストⅡの画面に流れているデモではエドモンド本田《ほんだ》と春麗《チユンリー》が戦っていた。

初代ですかと近づいてきた詠坂が声を上げる。

「うわっ、春麗が若《わ》けぇ！」

「ゲームのキャラだろ」

言いながら、確かに若いと思う。不思議な感覚があり、笑ってしまった。

立ったままかちかちとレバーの感触を確かめていた詠坂が、振り返って言った。

「何かを賭けてひとつ対戦しませんか。ぷよぷよのアレみたいに」

「思い出させせんなっつったろ」

「俺が勝ったらジュースおごってください」

「中学生かよ。で、俺が勝ったら？」

「柵馬さんを主人公にして小説を書きます」

「ふざけんな。お前それ、わざと負ける気だろう」

詠坂は憤然とし、見損なわないで下さいと言う。

「小説を書くためにゲームやるほどバカじゃありませんよ！　逆ならともかく」

「おかしいぞ言ってること」

「あ、でも正直長編もたせられるキャラじゃないので……連作短編でいいすか？」

「勝手に進めんな」

◆

「だから、人と戦うこと自体が目的だったのでしょう」

流川さんはそう言った。電話越しに結構な長さの取材成果を聞いてくれた末の発言である。

だらだら話していたせいで、その意味がすぐに取れなかった。

「……犭で戦ってた連中のことですか？」

「それと格ゲーで遊ぶ人たちもね」

そこのところの理屈は一緒だと思いますと流川さんは言う。

「格ゲーはキャラのバランスに気を遣っているでしょう。ゲーム内の駆け引きに集中するには、プレイヤーが対等であることが担保されていなければならないからです。またジャンルの外枠も保守的ですよね。新機軸を導入した場合に発生する慣れるまでの時間を削り、戦いに集中しやすくしているんだと思います。体力が数字ではなくゲージで表示されるのも、目の端で捉えておおまかに判ればいいからですよ。むしろ数字の情報量は邪魔です。そんな工夫もあり、格ゲーは画面に表示されるパラメータが少ない」

「なるほど」

詠坂との対戦で久しぶりに触れたストⅡも、動きの遅さを笑いはしたが、違和感なくプレイできた。かつて死ぬほどやりこんだゲームでも細かいルールは忘れていたりするけれど、そういうことはなかったのだ。使用するボタンはむしろ多いほうなのに操作をすぐ思い出せたのは、そういう配慮がゲームのほうにあったからか。

「すべては戦うためですか」

「人と戦うためでしょうね。詠坂さんが言っていたストーリーがひどいというのもその一環と考えれば、また別の景色が見えてきませんか」

「別の景色？」

「戦いより物語が面白くなってしまうとどうなります」

「格ゲーじゃなくなりますね。――いや、そもそもできますか？　そんなこと」

できるとしても、まったく別のジャンルデザインが必要にならないだろうか。

格ゲーは同じ場面を何度も繰り返すゲームだけれど、繰り返し玩味《がんみ》できる物語となると、なかなかに難しいだろう。難しいだけなら挑戦する甲斐もあるだろうが、そもそも物語は重要でもないのだ。戦うこと自体が目的なのだから。

「格ゲーの物語は格闘大会を舞台にしたものが多いでしょう。そうすることで、個性優先で作り上げたキャラクターたちを戦わせることの理由付け——本来なら総当たりで用意しなければならない因縁を省《はぶ》いているんです。犭の存在意義もそれと似ていますよ。あそこも喧嘩だけを行わせる場でした。それぞれの動機や物語を問題にせず、戦いたい人たちを戦わせる場だった。観客は観客で別の想いがあったにしても、戦う人たちはそうでした。そこが変わったから三人は犭をやめたのでしょう」

「喧嘩に勝ちたいという動機がなくなったというんですか」

「勝つ動機というより、それ以外の動機を見つけてしまったというのが大きいと思いますね。皆さん、それぞれに戦う動機を語ってくれたのでしょう？」

病狐は合気の技の有用性を証すために戦い、その枠から出ることのできない自分を見つけて犭をやめた——と語った。

屍狼は強くなるため色々な相手と戦っているうち、ルールのある戦いを望むようになったので犭をやめた——と語った。

泥犬は、喧嘩が得意で人に言われるまま戦っていたが、対戦相手に恐怖を覚えたから犭をやめた——と語った。

　それらは本当に十年前にあった理由でしょうかと流川さんは問う。

「この十年のあいだ何度も振り返り、記憶を解釈し、練って整えた理由だとは思いませんか。三人の証言が矛盾しているのはそれぞれの話に嘘があるからだとしても、他人に尋ねられることを想定しわざわざ用意しておいた嘘だとは思えないでしょう。その嘘が騙したい相手は、まず自分自身だったはず」

「やっぱり嘘があるんですね」

「十年前の彼らにとっての嘘ですよ。今現在の彼らにとっての嘘はないはずです。敗北の記憶として語ったというのは、かつてオで戦っていた自分が今の自分とは違うことを了解するための方便と見なしたほうがいい気がします」

　もしそのとおりなら、語られた言葉は反転する。

　当時の病狐は合気の枠を超えることに楽しみを見出しており、当時の屍狼はルール無用の戦いを愉しいと思い、当時の泥犬は恐怖を感じず戦い続けていた——のか？

　厳密な推理なんかじゃとてもない。ほとんど物語に近い。

　けれど——

　その物語は、三人の証言の中で語られた、自分以外のほか二人の姿とは矛盾しない。

首筋を極められた状態から、諸共落下という不格好な方法で脱出した病狐。どれだけ殴られても闘志を頼りに相手を恐怖させるほどタフな戦いを続けた屍狼。戦うことに一切の疑問を持たず、まるでそう躾《しつ》けられた獣のように暴れた泥犬。

彼らは戦いながら、その時、ただ戦うことを上回る物語を見つけた。

もしくは見つけたがった。

そうしてそこにいる必要がなくなり、それまでのやり方を捨てた。

結果として自から遠ざかることになった以上、みずからの敗北としてしか最後の戦いは記憶できなかったということか。

思えば――

格ゲーに限らず、対人戦に極めたということはない。

自分と同等かそれ以上の頭と躰を持つ者がこの世にいる限り、終わりはないのだ。

喧嘩だってそうだろう。上には上がいるし、無敗も歳には負ける。純粋なら理由を問わず物語に目もくれず戦い続けられたかもしれないけれど、そうはならなかった。

弱いからじゃない。選んでそうなったはず。

三人とも敗北の記憶を語りながら不満そうな様子はなかった。現在とこれからの自分に納得していた。我が身を振り返り、ちょっと憧《あこが》れてしまうくらいに。

三人の誰が勝ったのか。

だからそんな問いには意味がないのだろう。最強という言葉に意味がないように。

むしろ、誰もが自分は負けたと証言したことを、十年の歳月に洗われ残った真実と見なすべきだ。仕事として書く内容はそこから組み立てればいい。

小説のためにゲームをやるほどバカじゃないという詠坂の言葉を思い出した。

小説を人生に、ゲームを喧嘩に置き換えても、心意気は同じじゃないだろうか。何かのためじゃなく、それそのものを愉しむためやるものだろうと。

ゲームを愉しみ、他人と競い合うことを愉しむ。

集団を作り、その中で名をあげることをもくろむ。

最強という言葉に意味はないにしても、誰が最強かを語り合うことには意味がある。

そこまで含めてゲームだとすれば。

ゲーム好きが高じた結果、プレスタで記事を書いてる俺はどうだろう。仕事もゲームになっているだろうか。そしていつかは全然違う動機を見つけてしまうんだろうか。

……まあ、あまり深く考えないようにしよう。

嘘を吐《つ》いてでも過去を整えようとする気持ちなら、少し判る気がするのだ。とりあえずそれで記事は書けるだろうから。

ところでと流川さんは続ける。

「詠坂さんとの勝負はどうだったんです」

「えっ？」

「彼とストⅡで対戦したんでしょう」

そんなの当然と言いかけ、少し考えた。ちょっと皮肉を利かせてみたくなったのだ。詠坂の影響かもしれない。

「もしも負けていたら端折《はしょ》りましたよ。あいつと勝負をしたって話をすること自体」

「なるほどなるほど」

では小説という形で柵馬さんの活躍をいずれ読めるというわけですね。楽しみです。

そう言って通話は切れた。

切れた携帯を眺めながらその言葉の意味を思い、今さらにぞっとする。

まあ大丈夫だろう。本当に小説の主人公にされたりはしないはず。認めるのは癪《しゃく》だが、詠坂が言うとおり、俺は長編の主人公を務められるような人間じゃない。もしそんなことが叶《かな》うなら、もっと別の人生があったろう。

第一、勝ったことを後悔するなんて失礼じゃないか。相手にも勝負にも、勝負をした過去の自分にも、勝敗の延長線上にいる現在の自分にも。

未来の自分については問わずにいよう。
未来が今の俺にあるとはとても思えないから。
そういうことを思えないことが、今文章を練る力になってくれるんだから。
ビットレートの低い幻聴に焚《た》きつけられ、物語を忘れてまで戦いに集中するみたく。
ファイト。

インサート・コイン（ズ）

流川映《るかわあきら》という名を最初に意識したのは小学生の時だ。

スーファミがまだ出たてで、メガドラやエンジンなどと競い、賑《にぎ》やかに画面を飾り始めたころのことである。シンプルで色数の少ない画面が姿を消し、アニメや漫画に近づき始め、ゲームがそれまで表現していた未来を捨て、進歩を摑《つか》んだように見えた時代だ。

もちろん、それだからと熱が冷めることはなかった。

相変わらずゲームは最先端のメディアだったし、それは九〇年代後半、ネットが普及するまで続いたのだ。未来永劫ビデオゲームは時代の先端にあり続けると信じ、自分に寿命があることを本気で恨めしく思えていた。なんと幸せな少年時代だったのだろう！

それはまたゲーム誌が狂い咲くように出ていた時代でもあった。ライターにとっても花の時代だったらしいが、俺にとっては歴史である。読者としての記憶しかない。

ともあれメディアの進歩を謳歌《おうか》しつつ色々なゲーム誌を立ち読みしていた小学生の目に、その記事は飛び込んできたのである。

題して『もう攻めてこないインベーダー』

その文章は、シューティングゲームの閉塞《へいそく》を訴《うった》えていた。

現在シューティングゲームと言えば、一人称ないし三人称視点でキャラを操作し、銃で敵を撃破しつつ進んでいくゲームのことを主に指すが、ここでは古典的なデザインのもの――二次元平面上にある自機を動かし、敵弾を避けつつ敵を撃つスペースインベーダーなどの系《けい》譜《ふ》に連《つら》なるものを指す。

このジャンルのイノベーションは八〇年代に終わっており、以後の作品群はトレンドによるマイナーチェンジでしかないというのはよく聞く言説だ。

俺もそれは事実だと思う。判りやすい事例として、この二十年近く、シューティングで使用するボタンは二つか三つのままほとんど増えなかった事実があげられる。また、一撃死、二周目の存在、ハイスコア争いなど、シーラカンスのようにそこでのみ保存されているゲーム文法があることを付け加えてもいいかもしれない。

ただしそれは二〇〇八年現在から過去を振り返って言えることで、当時、それを閉塞と捉える意見は少なかったように思う。ゲームはハードの性能とともに進化を続け、あらゆるジャンルは活性化してゆく――そんな意見が支配的だったのだ。

記事は言う。七〇年代の終わりに日本中でブームを巻き起こしたインベーダーゲームは、宇宙からの侵略者という設定以上に、画面を操作するビデオゲームという遊びを世間に知らしめ、プレイヤーを啓蒙《けいもう》した疾風怒濤《しっぷうどとう》ぶりのため、侵略《インベイド》の名に値《あたい》したのだと。

新作に新味がなく、もはや何者も画面のこちら側へ攻めよせてこないことを書き手は憂《うれ》えていた。そうした論調の熱、ゲームに歴史を見るその視点に、子供だった俺は何かを気づかされたのだろう。ゲームでこんなことを語ってもいいんだ――というような。そして署名にあった流川映という名を記憶したのだ。幸い、同時期にジャンプでスラムダンクの連載も始まっていたので、名字の読みを迷うことはなかった。

ネットもない十代を通し、俺はその名前をゲームの新作情報と同じ熱意で追っていた。図書館で検索し、本屋で著書を取り寄せ、略歴にある掲載誌をあたったりしたのだ。そうして判ったのは、流川映の仕事はゲーム誌に留まらないということだった。ホラー誌や実話誌、映画誌、エログラフ誌と多岐にわたっており、見つけるたび、先回りされた気分になったことを覚えている。ホラースポットでの振る舞い方、地元が稲川《いながわ》会系の縄張りにあること、ダッチワイフの構造と材質、こういうことを俺は流川映から教わったのだ。

人並みに鬱屈《うっくつ》した青春を送っていた俺はそうしてライターという職業を意識するようになり、高校卒業後、土地の次は人だとばかりに落ちこぼれを集めて学費へ錬金していた専門学校で、形ばかりの文筆コースを選択したのだった。

用意されたテキストは初歩的にすぎ、機材はソフトもハードも古すぎ、カリキュラムはまったく役立たなかったが、ここで人生最大の奇跡が訪れる。臨時講師として流川映が招かれたのだ。

現実の流川映は俺が想像していたどんな人物とも違った。押しが強いとか、精気が漲《みなぎ》っているとか、鬼気迫るものは何もない。どこにでもいそうな風貌《ふうぼう》で、物腰なんて柔らかすぎるくらいなのだ。

それでも失望させられることはなかった。

無防備にどこへでも侵入し、過不足のない記事を仕上げる手管《てくだ》、簡単な言葉で判りやすく語られる仕事のノウハウもさることながら、そういう仕事をする人間が実在するという事実そのものが俺を励《はげ》ましてくれたからだ。

わずか四回の臨時講義で、俺は学費の元を取ったと信じている。

そこで流川さんと知り合い、紹介してもらった仕事から、俺の――柵馬《さくま》朋康《ともやす》のライター人生は始まったのだから。

出会うまでの十年と出会ってからの十年。

合わせて二十年近く、ずっとあの人は俺の前を走っていた。

その流川さんが懲役刑のため収監されたのは二〇〇八年夏のこと。愛読誌であり、俺にとっていちばん最初の仕事先でもあったゲーム誌であるプレスタ──『Press start』の休刊が決まった、その直後のことだった。

◆

「で、流川さんはなんで捕まったんですか」

「盗聴と住居侵入、窃盗、常習賭博、それに軽犯罪法違反のおまけってとこらしい」

俺の説明に、はぁと詠坂《よみさか》は気の抜けた返事をよこした。気持ちは判らなくもない。俺も第一報を聞いた時はそうだった。

「どれも仕事熱心なライターなら普通に踏む罪状でしょ。そんなんで起訴されます?」

「目を付けられてたんだろ。以前、公衆便所を燃やしちゃった時に懲役の執行猶予が付いてるから、まず実刑らしい」

なんだかなあと呟《つぶや》いて詠坂はオレンジジュースを啜《すす》った。

都内のファミレスである。わけあってこの小説家を俺は呼び出したのだが、まったく気力が窺《うかが》えない。普段からやる気の感じられない人間だが、今日はとりわけひどかった。流川さんにはこいつも世話になったはずなのだが。

「で柵馬さん、俺を呼び出した要件はなんですか。流川さんの無実を証《あか》すのを手伝えとかいう話なら無理ですよ。あれだけ面白い記事を書く人が犯罪に手を染めていないわけがないですからね。有罪も有罪、真っ黒に決まってます」

下手したらわざと収監されようとしてるのかもとまで詠坂は言う。

「箔《はく》が欲しくてか？」

「ええ。直木賞でも狙ってんのかもしれません」

「……お前を呼び出したのは仕事の誘いさ。簡単に言えば、流川さんの仕事の後始末だ」

事情はこうである。

流川映は不本意ながら当局に逮捕され、実刑を喰らう見通しである。

その結果、逮捕までに引き受けていた各所の仕事が棚上げになってしまっているのだ。ライターの仕事が減ったと言われて久しい現在でも有能であれば依頼に困ることはない。流川さんはいくつもの仕事を抱えていたのである。

腕に覚えのあるライターならその穴を自分の記事で埋めようと営業に出るとこだが、俺にそんな元気はない。流川さんの残した資料や書きかけの記事をまとめるくらいがせいぜいだ。それでも自分から積極的に動く気はなかったのだが――

「流川さん、いざって時はあいつに頼むとか言って、俺の名前を気軽に使ってくれちゃってたみたいでな。とりあえず現状であの人が担当してた記事、今回だけ代打で仕上げてくれって依頼が舞い込んできたんだよ」

「どこからです」

「方々、全部で五件だ」

「良かったじゃないですか。柵馬さん、流川さんから弟子のように思われてるんですよ」

「あの人の弟子なら全国に潜在してるさ」

「ライターにまでなっちゃったおりこうさんはそうそういないでしょ。光栄に思って孤軍奮闘してくださいな」

他人事《ひとごと》のように詠坂は言う。舌打ちがこぼれた。正直に言うと、そうしたい気持ちもないではなかったのだ。けれども――

「完全に俺のキャパを超えてんだよ。忙しすぎる。でだ、詠坂お前、暇だろ？　暇だよな。躰《からだ》空いてるはずだろ。仕事手伝え」

確証はあった。

先週、プレスタが突然の休刊を迎えていた。

いや迎えたという言葉は似合わない。それはもう痛快なほどで、休刊予告がないどころか、すでに発売していた前号を最終号とするという終わり方だったのだ。

休刊が決まったその時、俺はプレスタからの依頼で、電気人間という都市伝説を調べるため遠海市《とおみ》へ取材に出ていたのである。奇《く》しくもそこは詠坂の地元で、こいつも同行していた。というのも詠坂は小説だけでは稼げず、何度かプレスタに寄稿していたという経緯があったからなのだが、ライターとしてはプレスタが唯一の仕事先だとも聞いていた。それがなくなった今、こいつが暇しているのは当然の推論だった。

「暇っちゃ暇ですけどね、仕事の不在と比例してやる気も絶賛失われ中なんですよ。バランスが取れてるんです」

「プロのセリフかよそれ。あ？　小説家様よ」

「いやだって、プレスタがなくなっちゃったんですよ？　俺、創刊号から持ってるくらいのファンで――」

「俺だってそうさ。それどころかライターとして最初の仕事がプレスタだったんだぞ。思い入れならお前よりかある」

「かもしれないですけど、ほら、いつか約束した柵馬さんを主人公にした連作短編、あれプレスタでやるって話を通してたんですよ。気合入れて準備もしてたんです」

そういえばそんな話もあった。まだ生きてたのかと驚く。

いや、企画が壊れてくれたことはありがたいのだが。

「俺の代表作になる予定だったのに……」

「仕事の穴は仕事で埋めるもんだ。手伝えよ。流川さんの仕事場を覗《のぞ》くチャンスだぜ」

「そんな特権、それこそ独り占めすりゃいいじゃないですか。俺なんかにおこぼれをくれてやることないでしょう」

面倒くさがっているのがありありと伝わる発言だった。いらっと来る。いい加減、こっちも本音を言っていいだろう。

「——厄介なんだよ。何か物がなくなれば俺一人が疑われるだろ。立ち合えっての」

「とかなんとか言って本音は怖いんじゃないですか。何が出てくるか判らないもんだから」

それもある。

だがもうこれ以上話をする気もなかった。レシートを取り、行くぞと言って俺は立ち上がった。ぶちぶち呟きながらも詠坂が付いてくるのは判っていた。

◆

二時間後、都内某所にあるモルタル造りのアパート前で俺と詠坂は立ちつくしていた。

アパートを一見して目を疑い、それから何度も住所を確認してみる。間違ってはいない。

高度経済成長とかオイルショックといった言葉が頭に浮かんでしまうような外観だったのだ。詠坂の感想はもっと簡単なものだった。

「ボロいなぁ」

「小説家の形容かよそれが」

「で、流川さんの部屋は何号室ですか」

「101から105——一階の半分がそうらしいな」

「……え？　鍵は」

「101だけ。ほかの部屋のドアは潰してあるらしい。大体想像は付くけどな……」

鍵を使い玄関を開けてみると、想像以上だった。一応の居住スペースらしい101号室からしてヴィレッジヴァンガードのようなありさまなのだ。冷蔵庫の上にまで本、雑誌、映像メディアのたぐいがあふれている。

かろうじてキッチンと洗濯機回りは綺麗だが、それ以外は九龍城砦《クーロン》と区別が付かない。壁にはあとから取り付けたと思《おぼ》しきドアがあり、隣《となり》の102号室へ続いているのだが、そちらはもう、ヴィレッジヴァンガードどころかガレージの臭いがするほどだ。玄関さえ本棚で塞《ふさ》がれているのである。残りの部屋も同じだろう。

凄いなと言いつつ詠坂は奥へ向かい、俺はテーブルにあった年季物のノートパソコンを開いた。無線LANを積んでいるようには見えないし、LANケーブルも見当たらないのでオフラインで使っていたのだろう。今時PS／2接続でIBMのバックリングスプリング式キーボードを外付けしているあたりに流川さんのこだわりを感じた。

パソコンはスリープ状態だったらしく、ややあってデスクトップが表示される。ワードとゴミ箱とマイコンピュータのほかにはテキストファイルがひとつしかない。そのタイトルを見た瞬間、月並みな表現で申しわけないが、俺は凍り付いた。

『柵馬君へ』

――――

ダブルクリックで開いた。

並んでいたのは短い文章だ。けれど意味がよく判らない。何度も読み返す。詠坂が奥から戻ってこなかったら、二、三時間は読み返していたかもしれない。

「いやいやすげーですよ向こう、俺らが生まれる前の雑誌とか普通に積んでありますよ」

「流川さんのキャリアはそんなに古くねぇよ。コレクションだろ。手つけんな」

「了解しましたが――柵馬さん、機嫌悪いですか？」

答えず俺はノートパソコンを詠坂へ向けた。迷いはなかった。なんとなく、こういうことを予想して一人で来なかったんだよなという理解があった。

表示されている文章はこのようなものだ。

〈ＳＴＧ《シューティングゲーム》ジャンル考〉

日本におけるビデオゲームは「人口に膾炙《かいしや》した」という意味において、スペースインベーダーを祖《そ》としている。そして、その海賊版や類似品の横行によって業界の土台が築かれたという歴史的事実がある。シューティングこそ最初に成立したゲームジャンルであり、初期のビデオゲームはシューティングとそれ以外から成っていたと言えるだろう。

かつて、シューティングこそがゲームだったのだ。

八〇年代という熱狂の時代、シューティングはジャンルの恩恵──手法の継承と洗練、及び淘汰《とうた》を楽しんだ。グラフィックという形でむき出しになっていたシステムは遊び手たちに、ゲームには構造があり、それらは伝承されていくということを教え、自分たちが歴史を目撃していることを強く実感させたのだ。

それゆえシューティングはまっさきにジャンルの閉塞を味わうことになった。

シューティングが遊ばれなくなった理由はさまざまに語ることができるだろう。アイデアの枯渇《こかつ》、インカム偏重による難易度の際限ない上昇、家庭用ゲームが可能にした長時間のプレイを要求する別ジャンル──ＲＰＧの流行など。

だがそのいずれも問題の本質を射てはいない。なぜなら――

シューティングは没落などしていないからだ。


「……なんすかこれ」

「流川さんの文章だよ」

「じゃなくてタイトル、柵馬君へ、ってなってますけど」

「俺あてなんだろうな」

「……ええと、意味が判るように説明してくれませんか」

「俺にも判らない。――判るか？」

尋ねると詠坂はもう一度読み直して、ううんと唸った。

「流川さんが受けた依頼原稿じゃないですよね。短すぎるし、論旨《ろんし》も言い切ってない。最近流川さんとシューティングについて論争を交わしたとかいうエピソードは？」

「いや、そんなことは」

ないと言おうとし、幻聴に止められた。

――シューティングの必勝法を知っていますか？

――同じなんですよ。

――まったく。

流川さんの声だ。

同じ。けれど何と？　いや、大体いつ話したものだ？

昨日今日の話じゃない。記憶が遠かった。確か――そう。

出会ったばかりのころだ。

◆

「ライト・テキスト――今ならタイプ・テキストと言うべきかな。記事を書くというのは、ただの作業なのですよ」

流川さんが臨時講師として行った授業、その中で特に覚えているフレーズだ。

大事なのは、何をどんなふうに伝えたいと思うか、そんな感傷や衝動に近い動機のほうなのだと。それがなければライターは数値入力のオペレータと選ぶところがなくなる。

今ならよく判る話だ。

どうしてその仕事を選ぶのかという問いにも関わってくる。けれど当時は理解できなかったと思う。ごまかされたようにすら感じていたんじゃないだろうか。

それでも俺は授業を通じて流川さんと知り合い、仕事上の生のエピソードを聞いたりライターの心構えを聞くことで、自分が何様かをはっきりさせることができた。そして迷わなくなったのだ。要はこの人を目指せばいいのだと考えて。

そしてこの十年、俺は流川さんを目標にしてきた。していられてきた、、、、。

それが今、自由に会えないところへ流川さんは行ってしまった。

そのせいで棚上げにしてきた迷いが蘇《よみがえ》ったようだった。妙な気分が収まらないのだ。プレスタの休刊からこっち、流川さんの逮捕を経《へ》て、それは強まる一方だった。

似たような気分は昔も味わった気がする。

ライターを将来の仕事と意識し、けれど具体的にどうすればいいのか、専門学校に入る以上の想像ができていなかったころに。

そうだ。そんな一山いくらの専門学生だった俺は、かつて感動した記事、シューティングの現状を憂えた記事の想い出を、臨時講師の流川さんに語ったのだ。

するとあの人はこう尋ねたのである。

「シューティングゲームの存在意義はなんだと思いますか」

「……ありますか？　そんなの」

そのころになると業界批判的な記事もゲーム誌で読めるようになっていた。民度が高まったと言っていいものかどうか。すれた読者のあいだで、シューティングの凋落《ちょうらく》はほとんど常識のように語られていたのである。要因としてよく指摘されていたのは、難易度上昇による新規層の切り捨てや他ジャンルの台頭だった。

シューティングは、絶対的な価値観としてのハイスコアを保存してきたほとんど唯一のゲームジャンルだ。家庭用ゲーム機がネットに繋がるようになったのは最近のこと、それ以前、他者とスコア争いをするには外へ出なければならなかった。

つまり、ゲーセンが主戦場だったのだ。

業務用として稼働する以上、収益の問題は避けて通れない。上級者ほどワンコインで長く遊ぶため、単位時間あたりの収益は減ることになる。ゲーセンは土地と時間を換金する商売だ。稼げないゲームの居場所はない。当然、作り手も頭を捻ることになる。上級者からお金を効率よく得るにはどうすればいいか。

複雑なルールを持つジャンルであれば調整の幅も広いだろう。だがシューティングはシンプルであるところにその矜持《きょうじ》がある。調整箇所は限られ、勢い敵を硬くしたり攻撃を激しくするといった方向に向かいがちだ。

それが連綿と続いたせいで初心者がやろうと思わなくなるほど難しくなったのであるという説明は、ゲーセンに通っていた身には充分説得力があった。存在意義などありますかと俺が尋ねたのも、その流れを踏まえたものだったのだ。

当時の俺はシューティングなど終わったジャンルだと考えていたのである。

ありますよもちろんと流川さんは答えた。

「あるからこそいまだに新作がリリースされているんです。点数は減っていますが」

「でも難しすぎてマニアしかプレイしませんし、ついてゆける人が多いとは」

「言えません。それでも残ってはいるのです」

なぜでしょう——流川さんは重ねて問う。

俺が答えられずにいると、あの人は自然な口振りで話題を変えたのだった。

「今やまったく誰もが発信者になれる時代です。ネットに繋がったパソコンさえあれば、テキストに限らず、絵でも音楽でもさして苦労なく形にし、公開ができる。じきに動画の発信もできるようになるでしょう。——さて、そんな現代で柵馬さん、あなたはライターになりたいと思いました。それはなぜです」

「それは……」

あなたに憧《あこが》れているからだというのはためらわれた。友人と一緒にいたいという理由で進路を選ぶのと大差なく思えたのだ。

ライターを目指す動機に骨があるならば、それは書いた本人ではなく、書かれたテキストを読んで感じた何かのほうだろう。

ぼんやりそう考え、けれどその時はそれ以上掴むことができなかった。

未熟だったんだろう。感覚では判っていたし、ライターを目指すことに違和感もなかったのに、言葉に起こすことができなかったのだ。

「誰でも発信できる以上、これから素人と玄人の区別は曖昧《あいまい》になってゆくでしょう。テキストはすでに誰でも書けるし、実際に書かれる時代になっています。そこで、それのみをあえて仕事とする——それが許されるクオリティのものを書けるようになるのか、それともスキルのひとつとして捉え、臨機応変に使い分ける道具とするのか」

「文章が書けるだけでは食べてゆけないって話ですか」

「そういう意味合いもあります。それでも文章に重点をおくライターはいます。企画を立て取材を行いレイアウトも組む。しかしあくまで本業は物書きだという自負を持ってね」

話を戻して、シューティングですよと流川さんは言う。

「シューティングは、ゲームクリエイターを目指す専門学生がまず手を付けてみる筆頭ジャンルだそうです。シンプルで作りやすいように見えるという読みがあるんでしょう。けれどシンプルだからこそ調整は難しい。難易度ひとつとっても素人には知れないノウハウの継承がある。一朝一夕に作れるものではありません」

「……文章と同じように？」

流川さんは意を得たりというように頷いた。

「シューティングの必勝法と文章のそれは一緒なんですよ」

そう言われ、俺はなんと応じただろう。

冗談と捉えただろうか。覚えていないということは、よく判らず苦笑いして終わりだったのかもしれない。なるほど流川さんはこういうことが言いたかったんだなという理解があれば、絶対に忘れないはずだからだ。

シューティングの存在意義と必勝法。それがあるから今もプロが制作を続ける現実があると流川さんは言った。文章も似たようなものだとも。

今では誰もが書く文章だけれど、やはりそれを専業にするライターはいる。依頼が減っても、別の仕事を探すべきだと計算できても、しがみつくやつは一定数いる。

それはしかし、ライターに限ったことでもないはずだ。

◆

「小説家も一緒だろうよ」

想い出話の最後にそう付け加えると、物凄く素直に詠坂は頷き、真顔で続けた。

「マジで小説を書くやつは増えてますよ。間違いなく有史以来今が最多でしょうね。——って、こっちのことはどうでもいいんですよ！」

小さく叫んでディスプレイに向き直った詠坂は、あれと呟いた。

「どうした」

「このテキスト、続きがありますよ」

言われて画面を見た。スクロールバーに余白がある。詠坂の操作で隠れていた文章が露《あら》わになった。まあ文章というか、数語の英単語だ。

というかこれは——

insert coin(s)

業務用の筐体《きようたい》でお約束になっている一文だ。クレジットが入っていない状態だと、画面にこの一文が点滅表示される。sが括弧《かつこ》付きなのは、一枚でも複数枚でも構わないからだろう。俺にとっては文字というか、標識のように見慣れた形だった。

「インサート・コインズ……だそうです」

「見れば判る」

「ノートパソコンに投入口はありませんよ。――てかこのパソコン、流川さんが普通に仕事に使ってたやつですよね。ロックとかかかってたんですか」

「いや、スリープから普通に復帰したぞ」

「セキュリティが甘いのは歳の差ですかね」

「ライターの職務に著作権管理なんて含まれないからな。小説家とは違うさ」

「小説だって言うほどうるさいのは少数ですけどね」

とりあえず当初の目的である流川さんの原稿を探してみる。

実際には探すというほどのことはなかった。ハードディスクのディレクトリはいちいち開いて確認する気になれないほど混沌としていたが、スロットに差さりっぱなしのUSBメモリを覗くと、最新の書きかけ原稿がまとめられていたのだ。ひょっとしたら流川さんは逮捕されることを予想していたのかもしれない。パソコンをパスワードを要求されない設定にしていたのも、そのために思えてくる。

「とりあえず一件落着ですね。大体できあがってるみたいですから、俺に仕事を分けなくても柵馬さん一人でどうにかなるでしょう。良かった良かった」

「そんなに働きたくないのかよ」

「いやまあなんというか、流川さんの意思を尊重したいというのもあります。柵馬さんが頼まれたわけですから……」

「だったら代わりにこの謎を解いてくれ」

「謎？　どこに謎があんです」

「このインサート・コインズって文章だよ」

「えぇ？」

詠坂はあきれ顔を作り、これが謎ですかと言う。

「謎だろ。ダイイングメッセージってやつさ。ミステリ作家の商売道具じゃないか」

「流川さんは死んでませんよ」

「遺した文章ってことに変わりはない」

詠坂はため息を吐《つ》いた。まあいいかという意味合いのため息だった。なんだかんだで考える気になったらしい。額《ひたい》を掻《か》いて、ええとですねと言う。

「ダイイングメッセージは被害者が死に際に遺すものです。それを探偵役が解くってのが物語の中の構図ですわ。けれど、物語の外だとまた違う構図があります」

「作者の思惑を読者が察するってやつだな」

「そうそう。二重構造になってるんですよ。……まあ今回の場合、流川さんが被害者であり作者であり、俺と柵馬さんが探偵役であり読者なので、二重構造もクソもねぇです。今こうしてることをあとで誰かに語ったり、小説仕立てにすれば話は別ですけどね。だから柵馬さんが納得できればそれが真実ってことにしましょうね」

つまりと詠坂は続ける。

「俺の仕事はここでも物語をでっちあげることなわけです」

「いいよそれで。先週もそんなだったろ」

遠海市の取材でも、俺は詠坂に似たようなことを頼んだのだ。

「そういやそうでしたね。——まあ、柵馬さんが思い出した昔の会話まで伏線といたしますと、シューティングの必勝法と文章のそれが一緒だという言葉を読み解くヒントが、このインサート・コインズってメッセージにある、というふうに考えることになります」

「強引にもほどがあるけど……で？」

「コインを入れることがシューティングの必勝法、つまり、挑戦し続けることが文章上達の道だと流川さんは言ってるんですよ！」

詠坂はがんばってドヤ顔を作っている。俺は言った。

「超ありきたりだな」

「絵本にしたいくらい道徳的な解釈でしょう」

「それ、シューティングじゃなくても通るぞ」

「ある年代の人にとってはシューティングこそがゲームの依代《よりしろ》、本質を体現するものなんですよ。シューティングこそが現在のゲーム業界を作ったと言ってもいい。スペースインベーダーの海賊版を作っていたメーカーを調べてみると判りますよ。えっ、こんなところが？と思うようなところまで手がけていたんですからね」

「それはまぁ知ってるけど……」

「俺も柵馬さんも一九七九年生まれ。それは前年に稼働したスペースインベーダーが一大ブームを巻き起こした年です。俺らみたいな物心付いた時にはビデオゲームが普通にあった連中とは違う想いが、流川さんにはあったと考えるべきでしょう」

したり顔で述べる詠坂にはいらっと来たが、聞いて思い出す景色もあった。

そうだ。あれは――

◆

「テレビの中の絵を手元で動かせるという衝撃は、やはりすごいものでしたよ。世界がもうひとつ生まれたようなものですからね。インターネットが普及した時も地球がもうひとつできたような気持ちを味わいましたが、そちらはすでに知っているものが増えたという意味合いでしかなかったわけですから」

流川さんの言葉である。十年も前じゃない。今世紀になり、俺がライターとして仕事を始めてからあとの会話だろう。仕事終わりでの打ち上げだったかもしれない。どこかの飲み屋で、おたがい酒が入っていたように覚えている。

「そしてゲームの世界がプログラムという文章によって作られていることを知る。これも刺激的でしたね。それというのも、その当時わたしはもうライターとして方々の版元に原稿を持ち込んでは小遣い稼ぎをしていたので」

「そのころって流川さんは――」

「高校生でした」

聞いて打ちのめされたのを覚えている。高校生のころから文章で稼ぎ、今までずっと稼ぎ続けているのだ。そりゃ読みでのある記事が書けるはずだよと。

もちろんテキストの出来不出来は年季のみが決めるわけじゃない。それでも心構えや自負といった背骨は剛《つよ》くなるだろう。それはやはり畏《おそ》るべきものだ。

「それだけ衝撃を受けて、ゲームを自分でも作ってみようとは――」

「思いませんでしたね。プログラムも文章の集積、そのことに勇気づけられたぐらいです。

栅馬さんには当たり前すぎてピンと来ないかもしれませんが」

「確かにプログラムも文章ってことは意識してませんでした。言葉を文字にして遺すっていうのは、考えてみればデジタル的な発想ですよね……」

「デジタルは数学の道具、文字は文学の道具、対立軸で語られることの多い両者ですが、どちらも抽象化という親から生まれたことに変わりはありませんよ」

酒が入っているせいか、その時、流川さんはいつもより少しだけ饒舌《じょうぜつ》で、少しだけその言葉に脈絡《みゃくらく》がなかった。

「ちなみに栅馬さん、ある言語体系に一対一対応する文字体系は存在しないというのが今日の定説ですが、唯一これを破る例外があるのです。それが何か判りますか」

「――プログラム言語ですか」

「そのとおりです。厳密にはその土台を支えている数学記号ですね。これらは究極の表意文字と言われています。形と意味だけがあり、音は重視されない。ある記号をなんと発するかは文化圏に委《ゆだ》ねられている。『イチたすイチは二』でも『one and one make two』でもいいわけです。ただしその意味は厳密に問われる。よく言われることですが、宇宙人にも伝わる言語なんですよ、数学って」

「なるほど……。すべての文学が数学記号で記述できたら面白いかもしれませんね。なんだか筒井康隆《つついやすたか》の小説にありそうですけど」

けれど流川さんは笑ってみせ、そうもいかないんですよと言うのだ。

「数学記号というのは、理解でき、定義できる概念のぶんしか用意されていないんです。問われ、答えられるものにしか使えないんですよ。愛とは？　死とは？　神とは？　そういうものは記述できない。人の言葉が定義の曖昧なものを操り続ける限り、わたしたちの仕事が置き換えられることもないわけなんです」

「なるほど。聞いて気が楽になりましたよ……」

「はは、そういうところ、生まれた時からゲームがあった柵馬さんは判っていたと思うんですが、浸かっていると逆に見えなくなるものなんですかね」

ほかならぬゲームから学んだことなんですよ。

そう流川さんは言ったのだ。

俺は頷いた。すぐ判ったと思ったのだ。

だから言った。

「ゲームはプログラムどおりのことしか起きませんからね」

けれどまたもや流川さんは頷いてくれなかったのだ。

いや、否定されたわけじゃない。

その時あの人は——

◆

「にしてもこいつのハードディスク、流川さんのテキストでぱんぱんですね。パソコンで書くようになってからの全仕事が入ってるんじゃないですか？」

マウスをいじりながら詠坂が呟くのを聞いて、俺は想い出に浸るのをやめた。

「これ、持ち出したら問題だよなぁ……」

「やめとけよ」

「いやでもデジタルデータは減るもんじゃないし……」

「オフラインで管理してるもん持ち出したらオフラインじゃなくなるだろうが！　もし流出したら全部お前のせいってことになるぞ」

「……でも、欲しくないすか？」

「そりゃ欲しいけど！」

おたがい黙りこくる。詠坂も俺と同様、流川さんの文章のファンなのだ。

だからこそ譲《ゆず》れないものがある。ファイル共有なんかであの人の仕事が拡散してゆく景色は見たくない。書きかけのテキストが入ったUSBメモリを引き抜く前にハードディスクからコピーしたのは、俺あてのファイルだけに留めておいた。

そのUSBメモリを見つめながら訊く。

「……詠坂お前、シューティングは好きか？」

「好きですよ。高校生のころよくやりました。サターン派だったんですけど、シルバーガンもガレッガも発売日に買ってます。年齢的なものもあったのかな……」

「どういうことだ？」

「シューティングって暗い物語が多いでしょう。考えてみたら当たり前なんですよ。RPGには逃走が、格ゲーにだってガードってオプションがあるのに、シューティングはボタンがほぼ攻撃のみでしょう。破壊衝動全肯定です。そんな器に能天気な物語はどうしたって盛りにくい。わけても九〇年代のタイトー製シューティングは暗い物語ばかりで、思春期男子の心を捉えてくれたわけです」

柵馬さんはどうなんですと問われ、思い出そうとする。昔のことだ。

「ハドソンの全国キャラバンとか、高橋《たかはし》名人が活躍してたころだったら少しはやってたよ。それからあとは見てただけだな。他人《ひと》のを」

「そうそう、俺も他人のプレイを見によくゲーセンへ行ったなあ」

「金がなかったからな」

「それもだし、ゲーセンでしか見られなかったですからね。今はもう、華麗なプレイがネットでいくらでも見られるし」

そういえばと詠坂はディスプレイに向き直った。

「シューティングは没落していないっていう最後の一文。これ、あるべき姿に収まっただけだって言いたいのかもしれません。実際、今でも年に何本かは出てますから」

「それも日本でだけだぜ」

以前にプレスタの特集で調べたことがあるのだ。古典的な2Dシューティングは、今ではほぼ日本でしか作られていない。日本人だけがこだわっているのだ。これは、ビデオゲームの売り上げや販売本数における中心が北米に移っている現在、シューティングの新作など過《か》疎《そ》村の御輿《みこし》だということを示している。

それでも担《かつ》ぐ者はいる。絶えることはない。

「どうして作られ続けるんだろうな」

「ノスタルジーですかね。それこそインベーダーやゼビウスへの思慕《しぼ》というか」

「情緒的な見方だな」

「小説家みたいでしょう」

詠坂は胸を張る。そんなとこかと思えた。ビジネスである以上、採算が取れる可能性がないわけでもないのだろうが。

そういえばと詠坂は続けた。

「インサート・コインズで思い出しましたよ」

「何を」

「つまんない想い出話です。いや、あるあるネタかな? どうでもいいことなんですが」

「いいから言えよ。もったいぶんな」

「俺の行きつけのゲーセンって、一プレイが五十円だったんですよ。百円玉を五十円玉二枚にする機能しかない両替機が置いてあって、そこでまず手持ちの百円玉を全部両替するわけです。まあ一枚二枚の話なんですが、そうするとこう、ポケットの中の五十円玉が、そのまま俺自身のライフに思えてくるわけですよ。ゲーセンの筐体に金を入れて遊ぶというゲームのキャラに自分がなったかのような」

物凄くよく判る話だった。ほとんど同じことを俺も思っていたような気がする。

でもですねと詠坂は続けた。

「ずーっとゲームをやり続けてきて、今となっては五十円玉がライフというより、本当に人生《ライフ》を削ってゲームをやってる気がしますよ」

それも頷けた。

子供のころは金がなくて時間があまっていた。今は逆だ。ゲームに遣う程度の金はあるが、時間がない。ゲームの内容も、昔と比べれば時間を費《つい》やすものが増えている。長くなっただけ体験が薄まってゆく印象もあった。暇潰しとして考えるならいいことだろうが、玩味《がんみ》に足る作品として遊びたい気持ちからすると寂《さび》しくもある。暇潰しもゲームの大事な役割だが、それだけじゃないだろうと、かつて流川さんの記事を読み、ゲームでこんなことを語ってもいいんだと驚いた頭で思うのだ。

そう考えると笑えてきた。気味悪そうに詠坂が尋ねてくる。

「どうしたんです急に」

「――ふふ、ちょっと下らないこと考えちまったから」

「今度は柵馬さんがもったいぶるんですか」

「いや……。シューティングでクリアって言ったら、それはワンコインクリアのことを言うだろう？　コンティニューなしの」

「ええ。連コインはみっともないです」

そうだ。みっともない。自分の後ろで順番待ちをしているプレイヤーがいるなら当然だが、そうでなくとも美学に反する。

けれど——

「俺らは多分、その連コインをやってるのさ。いい年してゲームにこだわって、何か普遍的なものが語れると信じてる。それどころか、次はもっと面白くて見たことのない景色に出会えるだろうって期待までしてるんだ。客観的に見れば度《ど》しがたすぎるだろ」

なるほどと詠坂は頷き、だとしてもと続けた。

「懐《ふところ》にコインが残ってる限り、帰宅はありえないでしょう」

「ああ、ありえない」

詠坂はしばらく黙り、うんと頷いた。

「もしかして、インサート・コインズってメッセージの真意もそれなんじゃないですか。懐に金を残しておけるほど頭良くなっちゃわないようにしなさいなって。文章だって事情は一緒。ありもしない想念を文字に起こして金を稼ぐなんつう魔法、地に足が付いていないこと夥《おびただ》しい。やっぱりこれも頭悪くないと続きませんよ」

「かもな」

仕事が一区切り付くまでは冷静になるな。それは鉄則だ。一通りできあがらないと成否の判断さえできない。叩き台にもならない。けれど——

インサート・コインズ。

それが何かのメッセージなら、詠坂の言うような抽象的なものじゃなく、もっと具体的なものであるような気もする。

これと指す対象があるような。

コインを投入して下さい《インサート・コインズ》――当然ながら家庭用ゲームでは見ないメッセージだ。硬貨を入れて遊ぶ業務用ゲーム限定の言葉だった。

金をじかに徴収することが重要なんだろうか。

詠坂が言ったように、その場でライフと金を交換するという実感が。

……どうもピンとこない。

あっと詠坂が不意に声を上げた。

「もしかして柵馬さん！」

「なんだよ」

「インサート・コインズって、もっと直球の意味だったたんじゃ」

「だからなんだって」

「このメッセージって、筐体にクレジットが入っていない時に表示されるものですよね。つまり今現在、ゲームに使用できるお金はありませんというメッセージなわけです」

きらりと閃《ひらめ》く何かがあった。具体的な形を伴わない、通り魔のような気づきだ。

「刑務所に現金を差し入れて下さい、という！」

「ああ、で？」

「………」

危うく手が出そうになった。だが叩いてしまうとこれまでの展開がすべてギャグで済まされてしまいそうで、俺はぐっとこらえ、なるべく冷静を装《よそお》い尋ねた。

「……刑務所でどうして現金が要るんだよ？」

「一昨年《おととし》、監獄法が改正されて、収容者の権利がかなり整備されたんです。刑務所でも買い物をしたり私物がわりと自由に持てるようになったんですよ。知らないんですか？」

「知るかそんなの！」

「知っときましょうよ」

「もういい。そんなメッセージならこんなに判りにくく伝える必要ないだろ」

「それは、まあ」

「却下だ却下。さっきの頭良くするなって解釈のほうがいい」

じゃあそれでいいじゃないですかと詠坂は言う。

「ダイイングメッセージって結局、残された生者のためのものなんですよ。それを遺した死者のためのものじゃない」

「そんなの、この世のテキスト全部がそうだろうが」

「身も蓋《ふた》もないなあ……。まあそうなんですけど、死者対生者って図式が用意されてるぶん、そういう本質がより浮き彫りになるんですよ。だから死者の思惑より生者の解釈が優先されるというか、優先されて当然というか」

「……詠坂お前、考えることに飽きてるな？」

「だって漠然としすぎてるでしょう。問題の条件が」

確かにそう。けれど何か詠坂の言葉に引っかかるものもあった。

現金を入れてくれという単純な指摘の中に。

インサート・コインズ――

コインを――

投入。

――

あ。

もしかして――

そういうことか？

「……投入するとどうなる？」

「はい？」

「いや、コインを筐体に入れると、どうなるよ」

「SEが鳴りますね。ゲーム独自の。そしてクレジットがひとつ増えます」

「それだけか？　まだあるだろ」

「まだ？」

「インサート・コインズって表示はどうなるよ」

「そりゃあ画面に残り続けるか、もしくはプッシュスタートとか、プレス……」

そこで詠坂は固まった。気づいたのだろう。

そうだ。硬貨を投入してクレジットをゼロから1に増やせば、ゲームを始めることができるようになる。その際に求められる入力は全筐体共通――スタートボタンだ。

つまり画面には、PUSH START BUTTON とか PRESS START と表示される。

PRESS START――

それは想い出深い雑誌名だった。

「検索してみましょう」

詠坂が検索窓を開く。目指すはプレスタ絡みの記事――必然的に、今まで流川さんがプレスタのために書いた記事が出てくることになる。

「ちょっと凄い量ですねこれ……」

「プレスタ、俺らが中学の時の創刊だろ。なんだかんだで十三、四年──ゲーム誌の中じゃファミ通の次くらいに続いたはずだ」

「あっちは週刊誌、こっちは隔月誌ですよ。その比べ方はフェアじゃないです」

「何かメッセージを遺すとしたら最新号だろうな」

「出なかった号ですね。更新日時でソートすれば──」

詠坂はしばらく調べていたが、それらしいものは出てこないようだった。マウスから手を離して数秒、口元に手を当てて考える。

「流川さんの逮捕、プレスタの休刊が決まったあとでしたよね。つまりあの人は休刊を知ってから柵馬さんへのテキストを書いたんでしょう。更新日時を見ても間違いない」

「で？」

「何かあるとしたら最新のテキストですよ。さっき抜いたUSBメモリ、あれにまとまってた書きかけ原稿の中にもしかして」

俺は懐のUSBメモリを取り出し、もう一度スロットに差した。果たして──あった。

プレスタ2008年11月号。幻《まぼろし》に終わった号数を名前にしたテキストファイル。

更新日時もつい最近だ。開いてみる。

さして長くないテキストだった。

シューティングは作られ続ける。

作り手の情熱のみがそれを叶《かな》えているのでは、しかしない。情熱を受け止め、もう片方の車輪を担う者たちの存在もまたその事実を支えている。作り手の思惑を超えゆかんとするプレイヤーの想いと、それを結果する彼らの腕である。

それは没落という言葉では受け止めきれない、ごろりとしたただの現実だろう。

シューティングはハイスコアという作法を保存している。

そこに加算されてゆく数字は、プレイヤーにとって自己のプレイの評価点を意味している。しかし同時に作り手にとっては、自分たちの作ったゲームがどれだけ遊ばれたかを示す、ゲーム自体の評価点となるものでもある。つまらないゲームであれば、数字を競うほどやりこまれることはないからだ。

すべてのゲームにおいて遊び手のプレイ結果はそうした意味を含んでいる。

だがハイスコアという作法を保存しているシューティングにおいては、評価が飾りなく表示されてしまうのだ。プレイ内容を反映しているぶん、売上やインカムよりも個人の想いが乗った数字として。その厳しさは、プレイヤーのモチベーションと作り手のモチベーションをともに満たすものだろう。

ゆえに、これからもシューティングゲームは作られ続ける。

没落したという言説さえ、ひとつの動機に変えながら。

◆

やはりという想いがあった。

うんと詠坂が頷く。

「ゲームは受け手が遊んで初めて完成する作品だという、よく言われることではありますが、流川さんが言うと含蓄《がんちく》ありますね」

俺は何度も頷いていた。詠坂の理解とは少し違う。

いつかの流川さんの言葉を思い出していたのだ。


「確かにゲームはプログラムどおりにしか動作しません。よく聞く格言にあるとおりです。プログラムは思ったとおりには動かない。書いたとおりに動くと」

けれどと流川さんは続けるのだ。その格言はまた別の意味を含んでいるでしょうと。

「プログラムを書くのは人、そして人は誤《あやま》るものだということも指摘しています。書いた本人が予期しない動作をすることもある。バグと言ってしまえばそれまでですが、バグもまた受け取る人によっては違う名で呼ばれることがあります」

聞いてすぐにピンと来た。

「裏技ですね」

「そのとおり。スペースインベーダーにすらナゴヤ撃ちがあり、レインボーがあります。それらはプレイヤーによって発見され、やり方が広められ、プログラムのバグという説明を超えた現象になりました。もはや仕様と言ってもいいでしょう。繰り返しになりますが、それは作り手が想定していなかったことです」

遊び手のプレイが作り手の思惑を超えた証なんですと流川さんは続けた。

「シューティングゲームのハイスコアも同じです。ハイスコアはバグではありませんが、作り手の想定を超えた数字を出さないと話にならない点は共通しています」

「それは、確かに」

「文章を書くということもそうですよ」

「えっ？」

話がどう繋がるのか判らずとまどう俺に、流川さんは言う。

「文字は人が作ったものです。プログラム言語ほど運用は厳密ではありませんが、それでも一定のルールのもとに記述され、読み解かれるものでしょう。そうしたルールを作ったのは人です。わたしたちは、無数の先人たちによってプログラムされた文字体系というゲームで遊ぶプレイヤーでもあるんです」

「ゲーム――ですか」

「面白いでしょう？　文字で想いが伝わったら。思わぬ反応が得られたら。よし！　と思える文章が書けたら。――そしてまた悔《くや》しいでしょう？　書いたことが伝わらなかったら。読んだけどつまらないと言われたら。ぴったりの言葉が出てこなくて、書きながら自分で納得がゆかなかったりしたら」

それはそうだ。

テキストを書くようになって結構経つ。それでも頷けないことは多いし、死ぬまで納得はゆかないものなのかもしれないとも衒《てら》いなく思えている。

その時、流川さんは実に楽しそうに続けたのだ。

「ほら、シューティングのハイスコアと同じでしょう。ルールを設定した者の想定を超えること。先人たちの誰もが想像していなかった文章を書けば、それは問答無用に読者を圧倒するものになるんですよ」

「でもそれは、簡単じゃありませんよね」

「不可能でもありませんよ。何も物理法則を超えろと言っているんじゃありません。無謬《むびゅう》の神ならぬ誤る人が作ったもの、いくらでも超えようはありますよ」

◆

「なるほどねぇ、流川さんがそんなことを」

「あぁ、どうして忘れてたんだろうな、俺は」

こんな大切に思えることを。

聞いた時は大切だと思えなかったからか、それが判るくらい成長したってことか。あるいは判らざるを得ないほど流川さんの逮捕が衝撃だったってことか。

じゃあと能天気な声で詠坂は言う。

「懲役を喰ったのもその流れなんですかね。人の定めた刑法を超えて進んだ結果だと」

「良く取ればそうだな」

俺たちはしばらく乾いた笑いを響かせ合った。それからパソコンをシャットダウンし、戸締まりを確認してから外に出た。

歩きながらぽつりと詠坂が、柵馬さん、と呟いた。

「大丈夫ですよね」

「——あ？　何がだよ」

「いや、流川さんの逮捕がショックで変なことでも考えていやしないかと」

「それはお前だろ」

「俺もショックっちゃショックでしたけど、柵馬さんとは比べられないでしょう。流川さんの弟子だってさっき言ったこと、わりかし本気に思ってんですけど」

「荷が重いよ」

「流川さんは柵馬さんを選んでメッセージを遺しました。これは事実です」

「何が言いたいんだ」

「……辞めることを考えてたりしませんか」

詠坂は俺を見ていない。だが真顔だった。

俺は素直に驚いた。そんなことを言った詠坂にじゃない。

そんなことを少しも考えていなかった自分にだ。

「——いやまったく」

「そうですか」

それならいいんですと詠坂は頷く。

俺は、なるほどと納得していた。

読者として想い出深く、ライターとして仕事を始めた雑誌であるプレスタが休刊になり、恩師である流川さんが刑務所に収監される見通しなのだ。普通なら、落ち込むとか、仕事を休むとか、少なくとも疑問を持つとかするだろう。

そうでなくとも普段から仕事の愚痴《ぐち》を吐きがちな俺だ。

けれど今、辞めることなどまったく考えなかった。文章を換金し続けることを当然に感じていた。いや、感じてすらいない、呼吸のように疑問を持たずにいられていた。

十年とりあえず続けてきて、俺にもプライドができたってことか。少なくとも、いまさらほかにできることもないだろうなんて後ろ向きな理由じゃない。

これはやっぱり流川さんの影響なんだろう。

あの人が言葉と文字に起こして説明してくれた色々と、仕事振りで示してくれた心意気、それらが当然の理解として俺にこう考えさせていた。雑誌はいつか終わってしまうものだよ。刑務所に入るなんて大したことじゃないさと。

一際大きな詠坂のため息が聞こえた。

「どうした急に」

「いや、柵馬さんが予想以上に元気なので、自分のことを考えて暗くなってるだけです」

「仕事なんて探せばいくらでもあるさ」

「それでもね、自信のあった企画ぽしゃりたてですよ」

俺はその時珍しく清々しい気持ちだった。

そのせいで焚《た》きつけるようなことを言ってしまったんだろう。

「元気出せよ。企画がどこかで実現する流れになったら協力してやるから。……そうだ。お前は光文社デビューだろう。ジャーロにでも持ち込んだらどうだよ」

「柵馬さんを主人公にした連作短編をミステリ誌に持ち込むとか、俺、どんだけ迷惑かけたら気が済むんですか？　光文社はお母さんじゃないんですよ」

「迷惑って自覚はあんのな」

◆

詠坂と別れて家に着くまでのあいだ、着いてから眠るまでのあいだ、俺は考え続けた。

流川さんはどうして俺にメッセージを遺したのか。

弟子だって詠坂の言葉に俺は頷かなかった。認めてしまうと流川さんの文章が遺書に思えてしまう。だがあの人はそんなキャラではない。きっと俺より長生きするだろう。

思惑を超えることが必勝法。

流川さんは文字体系を先人たちが作ったゲームに準《なぞら》え、ライターをそのプレイヤーに準えた。けれど詠坂が語ったダイイングメッセージの本質のように、そこに二重構造があるのだとしたら。書かれた文章それ自体がゲームであり、読者がプレイヤーであるという喩《たと》えも成り立たないだろうか。むしろそちらのほうが素直な解釈にも思える。

となると読み手もまた書き手の思惑を超えた読み解き方に挑戦すべきかもしれない。

——いや、

もうやってしまっているのか俺は。

い、い、い、い、い、い。

「……はは」

流川さんは読者を面白がらせようと記事を書いただけだろう。そのまっすぐさは疑うべくもない。収監さえ取材じゃないかと想像させてしまうほどの仕事を続けてきた人だ。記事のクオリティ以外のことは考えもしていなかったはず。

自分が書いた記事に影響を受け、同じ職業を選ぶやつが発生してしまうなんてことは。

けれどそれは実際に起こってしまった。

俺はきっとあの人の記事を、流川さんの思惑を超えた読み解き方、受け止め方で消化してしまったのだ。

伝統的な師弟関係ではない。

けれど、読者の枠にも収まっていなかった。

ファンとしての枠さえ無視してしまった。

憧れてテキストを書き始めてしまった。

頭が悪すぎる。

手の施《ほどこ》しようがない。

そのことは――

流川さんを喜ばせただろうか。

それとも面倒がらせただろうか。

いずれにしても、収監されるにあたり、文章を用意するほどには気に懸けてくれていたのだろう。それは、俺にとっては嬉しいことだった。

インサート・コイン。

プレイヤーにコインを投入させるのは、ゲームのクオリティだけじゃない。

また好奇心だけでもない。

先人に連なろうとする想い――巧い人のプレイを背中越しに眺めて、俺もあんなふうにやってみたいと思う気持ちだって、コインを投入する動機になるのだ。

表示が意味するコインは、自分の懐にある一枚だけではないんだから。

インサート・コイン（ズ）。

複数形を視野に入れた表示は、今、そんなふうに解釈すべきだろう。

いや、そう解釈したいんだ。

先駆者として野を行くもよし。

追随者として追いかけることだって面白い。

どうするかは自由。

誰だって一枚はコインを持っている。

生きている限り何度でも使えるコインを。

生きているあいだしか使えないコインを。

そうして遊んでいれば――

はは。

いつか誰かが追ってくるかもしれない。

一枚しかないコインを費やして。

迷いも後悔もせず。
あるいは迷い、後悔しながら。
バカが。

そしてまわりこまれなかった

※著者注
本作の内容は「ドラゴンクエストⅠ・Ⅱ・Ⅲ」についての重大なネタバレを含んでいます。未プレイの人は読まないでください。そんなやつがこの宇宙にいるとも思えませんが、念のため。

『ドラクエⅢで最大の伏線が何かわかるか？』

元日に届いた旧友からの年賀状にはそう書かれていた。

丑年賀正《うしどしがしょう》と定型文が印刷されてはいたが、絵のたぐいは一切なく、手抜きを思わせるくらい余白も多い。年賀葉書が使われていなかったら何事かと思ったろう。そっけないその外見《そとみ》が、余計に短い文章を際立たせていた。

表には『柵馬朋康《さくまともやす》へ』と拙《つたな》い字で宛名がある。様を付けないあたりが宇波《うなみ》らしい。手書きなのは出す枚数が少ないからだろう。ひょっとしたら出した年賀状はこの一枚だけだったのかもしれない。あいつならその可能性もある。

宇波由和《よしお》と最後に会ったのは一昨年《おととし》の年末だった。地元に帰った時に連絡したらそんな流れになり、宇波の実家で会ったのだ。

その時あいつはパジャマ姿で、髪は脂《あぶら》まみれで、無精髭《ぶしょうひげ》が目立ち、体重も俺が知っている時より随分と増やしていた。部屋には布団が敷きっぱなしになっていて、宇波の母親は俺の挨拶《あいさつ》に明るく応対したけれど、困ったような顔も忍ばせていた。

けれどそんな変化はおかまいなし、俺と宇波は子供のころ夢中になったゲーム機を次々引っ張り出し、ソフトをとっかえひっかえ八時間以上もプレイしたのだ。今何をしているだとか、将来何をしたいだとか、そんなことは一切話さなかった。

気遣ったわけじゃない。そんな話は俺もしたくなかったのだ。

俺たちは小中高と同じ学校に通っていた。そして、そのころからビデオゲームが好きだった。いや、過去形で言うのは違う。今でもゲームは好きだ。俺のライター歴はゲーム誌から始まったくらいだ。

ゲーム絡みの想い出なら山ほどある。子供のころはまだネットが普及していなかったから、情報源は雑誌の記事と口コミが大部分を占めていた。自分で発見した裏技は値千金、仲間うちにほのめかすだけで数日はヒーローでいられたものだ。

ことゲームに関する限り、宇波は間違いなくヒーローだった。

情報の豊富さに加えてプレイも巧かったのだ。

きっとゲームに対する姿勢が違ったんだろう。家が特別金持ちでもなく、小遣いに差がなければ、ゲームの腕は本人の真剣味とそれが定めるプレイ時間で決まるものだ。一昨年の年末に会った時、あのころと変わらない腕前でグラディウスIIを四周してみせた宇波を見て、俺はそんなふうに思ったのを覚えている。

高校卒業後、俺は東京の専門学校に進み、宇波は地元の大学に進学した。

それからもたびたび会っていたが、専門学校卒業後、俺がライターとして仕事を始め、宇波が上京しアルバイトとして小さなゲーム会社に潜り込むと、おたがい忙しくなり、だんだん会う機会は減っていった。

たまに会っても、話の内容は仕事の愚痴ばかりだったように思う。

俺の愚痴は編集プロダクションの横暴と将来性のなさ、あいつの愚痴は会社に地力がないこととゲームに関係ない仕事の多さが定番だった。自分の甲斐性のなさをどうやって世界に責任転嫁するか、その手際を競い合っていたようなものだ。

話題がそんなことばかりなら、だんだん疎遠になったのも当然だろう。

数年前、勤めていたメーカーが潰れて宇波が地元に帰ると決めた時、それは決定的になった。俺自身がオリンピック並にしか地元へ帰らないことも拍車をかけた。おたがい年賀状のやり取りをする性分でもない。だから宇波からの年賀状をポストの中に見つけた時、俺は小さく笑い、それから少し寂《さび》しくなったのだ。

年末年始を独りで過ごす自分を直視したことに？　忙しささえ懐かしくなってきた仕事の

行く末に？　年賀状なんていう世間の習慣をこなす旧友の老化現象に？

そうじゃない。

年賀状を見た時に感じたもの。それはなんとなくな不安だった。

言葉にできない。手で触れもしない。いや、きっとそいつを掴《つか》んで名付けられるやつだけがちゃんとした人生を送れるんだろうと思える、ダメ人間のみが嗅《か》ぎ取れるあれだ。時がすぎていくのを手をこまねいて見ている不安とはまた微妙に違う感触の。

だから俺は報《しら》せを聞いた時、驚くことができなかったのだ。

宇波の自殺に。

◆

報せは一月三日、猫本《ねこもと》という高校時代の友人経由でやってきた。

「亡くなったのは今朝方だけど、正月は年寄りが気ィ抜いて死ぬから葬儀屋は大忙しじゃんか。それに家で死ぬと検死もあるしで、通夜は明日になったんだよ。友引《ともびき》だけど気にしないだろ？　絶対に帰ってこい。お前がいちばんあいつと仲良かったんだからな」

猫本は昔から何かと仕切りたがるやつだった。聞いてもいないのに、今は実家の鉄工所を継ぐため修業中だと自分のことを語った。

うざったく思う時もあったが、こういう時は助かる。

報せを聞いた翌日、俺は防虫剤臭いスーツを引っ張り出して新幹線に乗った。四日ともなれば駅も普段とそう変わりがない。自由業をしていると、混雑を嫌って土日祝日に動かなくなる。そのせいか乗車率の高い車内や構内の人混みで無駄にテンションが上がってしまい、地元へ着くころには疲れきっていた。

駅舎は変わっていなかったが、駅前は変わっていた。店名の変わった居酒屋に、コンビニになったパン屋、ゲームセンターから月極駐車場に変わった区画。だが一度変化を数え上げれば前からそうだったようにも思えてくる。結局、街の空気は変わっていないのだ。実家までの二キロばかりを歩いても、そうした想いは変わらなかった。

実家に着くと、一昨年の年末に続いて今年の正月——ほぼ二年連続で帰ってきた息子に、親は驚きを隠せない様子だった。雑煮の残りを食べながら宇波の通夜があることを説明して、俺は昔のままになっている自分の部屋に引っ込んだ。

通夜は夕方からだ。それまでの時間が暇だった。

宇波の通夜のために帰ってきたんだからゲームで時間を潰すのが筋に思えたが、そんな気にもならない。本棚に置きっぱなしになっていた二十年前のファミマガ付録を読んでいるうち、何もかもが億劫《おっくう》に感じられてきた。

今になって悲しくなってきたわけじゃない。喪失感があったわけでもない。

それなのに自分と全然関係のないところで自分が死んでいくような感覚があった。

ただただ躰《からだ》が沈むように重たい。

顔を洗い、洗面台の鏡を睨《にら》み付ける。見慣れた顔があった。将来の展望も持たない男の顔だ。鏡を見る必要もないくらい、俺の周りにはこんな顔をしたやつがあふれている。

なんで今そんなことを思わなくてはいけない？　未来を考えずにいることで覚える罪悪感に、もう煩《わずら》わされることがない宇波を羨《うらや》ましく思ってでもいるのか。

荷物から年賀状を取り出して読む。

『ドラクエⅢで最大の伏線が何かわかるか？』

この問いかけに何か意味でもあるんだろうか。

電話で猫本は、宇波が死んだのは三日の朝だと言っていた。

であれば、宇波は俺が年賀状を読んだだろうと考えて死んだはずだ。携帯を調べてみたが、あいつからの着信はない。宇波は何を伝えたかったんだろう。

迂遠《うえん》な自殺宣言か？

死にたい。死んだら楽だろうな……。そんな話は日常でも普通に交わす。

怠《なま》け癖《ぐせ》のせいで人生が開かないやつと話せば、そんな言葉は挨拶代わりみたいなもの。本気で言っても半分がとこなセリフだ。

それにしても、最大の伏線か。

ドラクエⅢ。

発売されたのは俺が小学校低学年のころだ。

スマートフォンを取り出し、グーグルで検索してみた。

名作だけあり情報はいくらでも出てくる。正式名称は「ドラゴンクエストⅢ」。サブタイトルは「そして伝説へ…」。発売は八八年二月。指折り数えてみれば、小学二年生の冬だ。

売上本数は国内で四〇〇万本弱。ミリオンセラーがごろごろあるファミコンソフトの中でも、この数字は異例だった。

そのデータを見ていると、新鮮な気づきがいくつもあった。

当時は、ゲームが今のようにフラッシュメモリや光ディスクではなくロムカートリッジで売られていた。いわゆるカセットだ。そしてドラクエⅢのデータ量は2メガビット。バイト表示に直せば256キロバイトになる。今時なら、デジカメで写真一枚撮影しただけでも同じくらいにはなるだろう。それだけのデータに数百万人を夢中にさせた世界と物語と音楽が詰め込まれていたというわけだ。

グラフィックや音楽が今の目で見れば粗《あら》いものだとしても、愉《たの》しかった記憶が穢《けが》れるわけではない。むしろ制限された枠の中で名作を作り上げた制作者集団の気概《きがい》に思いを馳せ、コンテンツクリエイターの端くれとして衿《えり》を正したくなる。

作り手はその制作にどれだけの工夫を施《ほどこ》したのか。

そんな問いにもグーグルは簡単に答えてくれる。

例えば当時、キャラの名前に使える文字はひらがなだけだった。それも四文字で、濁点半濁点だけで一文字消費するせわしなさだ。字数制限はしょうがないとしても、どうしてカタカナが使えないのかが、当時の俺には不思議だった。最初から用意されていないならまだしも、作中のテキストにはカタカナも使われているのだ。

調べれば理由はすぐに判った。

ファミコン時代のドラクエシリーズにはカタカナが五十音ぶん揃っていないのだという。頻繁に使う文字のみ用意し、ほかは捨てていたらしい。数が揃っていないカタカナを名前入力に使わせるのは、なるほどためらわれるだろう。データ節約のために文字を制限するというアイデアもさることながら、そのこと——カタカナが揃っていなかったことを小学生だった俺に気づかせなかったことが凄いと思う。

データ量を減らす工夫は至るところにあった。

例えば色違いのモンスターが多いのも、デザイナーの負担を軽減させる以上に、データを喰うグラフィックのパターンをパレット操作で稼ぐためだろう。プレイヤーが操作する16ドット四方のキャラに使える色も透明色を入れて四色しかない。そんな妖精《スプライト》たちに、当時の俺は憧《あこが》れや理想を投影していたのだ。

そうしたデータ節約の最たるものはタイトル画面だろう。ドラクエⅢには、ほかのファミコンソフトにあって当然のタイトル画面がない。厳密に言えばあるのだけれど、黒地に「DRAGON　QUEST　Ⅲ」と出るだけなのだ。ローマ数字のⅢにしても、アルファベットのIを三つ並べたものである。文字種はここでも制限されている。おまけにあの有名なテーマ曲も流れない、無音の開幕なのだ。

そんな開発中のような画面も、データ節約のためなら許せる。いや許せるどころか、今なら羨ましいとさえ思う。

俺は、来る日も来る日も文章をどう水増しするかに腐心しているのだ。

もちろんそんな仕事ばかりでもないのだけれど、ライター業を始めたばかりのころに比べ、取材成果と自分の想いを紙幅になんとか収めようと悩むことは減っていた。仕事に習熟したからという理由だけではきっとない。

積み重ねた量よりも、そののちに捨て去った量で出来が決まる。表現とはそういうものだろう。自分の仕事をクリエイティヴだと言い張るような矜持《きょうじ》が、俺にはもうほとんど残っていないにしても。

想いから逃げようと年賀状をもう一度見た。

ドラクエⅢで最大の伏線。

伏線というからには回収——落ちがなくてはならない。

物語の設定は王道だ。プレイヤーの分身である主人公は魔王バラモスを倒すため、十六歳の誕生日に故郷アリアハンを旅立つ。発売以来、色々なところでパロディとして使われてきた定番のフォーマットである。

ドラクエⅠでは竜王を倒すことが、そしてその数百年後を舞台にしたドラクエⅡでは邪神を祀《まつ》る神官ハーゴンを倒すことが冒険の目的になっている。セオリーを踏襲しているわけだが、Ⅲには Ⅰ、Ⅱと大きく違う点があった。ⅠとⅡがアレフガルドと呼ばれる世界を舞台にしているのに対して、Ⅲは現実の地球を模した世界を舞台にしていること。そして、ⅠとⅡの主人公たちがロトと呼ばれるかつて世界を救った勇者の子孫であることに対し、Ⅲの勇者はロトの子孫ではないということだ。

だからといって物語は断絶していない。それどころか、ドラクエⅠ、Ⅱ、Ⅲは三部作として扱われ、たがいに密接な繋がりを保っている。簡単に言ってしまうと、ⅢはⅠより前の時代の話なのだ。時系列順に並べれば、Ⅲ、Ⅰ、Ⅱとなる。Ⅲのエンディングでそのことが明らかになり、それが三部作全体の落ちにもなっている。

宇波の問いはそのことを踏まえたものだろう。

シリーズの完結を演出するためちりばめられた伏線、その中でいちばん大きなものとは何か？　言い換えればこんなところか。

なぜそんなことを宇波が問うのかは置いておく。考えたくないし、考えたところで判るとも思えない。提示された謎を考えるほうが遥《はる》かに楽だった。

ドラゴンクエストという名でⅠとⅡが繋がった世界観を持っていた以上、Ⅲも繋がっていると見るのは当然だ。知り合いのミステリ作家――詠坂雄二《よみさかゆうじ》なら、タイトルは誤導《ミスディレクション》だと言うだろう。Ⅲと銘打たれていれば当然Ⅱのあとの物語だとプレイヤーは思う。その点を逆手に取った仕掛けだと。

Ⅲが I 、Ⅱと繋がり、主人公がロトの血筋のどこかに位置することを前提にできるなら、Ⅲの舞台がアレフガルドではなく、主人公がロトの子孫として語られないことも伏線に数えられる。子孫でないのは後世の話ではないから、という推理材料になるわけだ。同じ理由から、ⅠとⅡで最強の武具だったロトの装備がⅢに出てこないことも伏線になるだろう。演繹《えんえき》的にⅢが過去の物語であることには至れないとしても、傍証としては充分だ。

ただ、最大の伏線というとどうだろう。

最大というのがくせものだ。

どういう意味で宇波が使ったのかは判らないが、あいつが何かを想定して質問したのは間違いない。解答が知りたくて尋ねたわけじゃないだろう。もしそうなら携帯で直接訊いてくるはず。なじみのない年賀状に書く必要はない。

だからあいつは訊きたくてじゃなく、きっと伝えたくて尋ねたのだ。

何かを。

◆

「おう柵馬。こっちだこっち」

宇波家の玄関で猫本が手を振っていた。十年以上会ってなかったが、手を挙げただけで当時の空気が蘇《よみがえ》る。提灯《ちょうちん》の淡《あわ》い明かりでも判るくらい猫本は日焼けしていた。久しぶりだなと挨拶すると、参ったぜと応じられる。

「昔連《つる》んでたやつら、ほとんど来られねーでやんの」

「こっちに残ってないのか」

「そうでもない。出てこないんだ。通夜で何話すんだって言われたら、俺だって答えようがない。出るもんだろって言ったって、通じるほうが少ないんだからな」

「御苦労様。——俺は感謝してるよ」

どういたしましてと猫本は唇《くちびる》を歪《ゆが》め、寒々しい世界をぐるりと眺め回した。宇波の死因を尋ねると、首吊りだという。

「ぶら下がり健康器ってあるだろ？　ほら、やっすい鉄棒みたいなやつ。あれにタオル括《くく》って首吊ったそうだ」

「遺書とかは残ってたのか」

「そこまで聞いてない。というか聞けるかよ。もしもあるって言われたら、中身や自殺の理由まで聞かなきゃいけなくなるじゃないか」

俺は頷いた。身内でもない限りそこまで突っ込まないのが普通だろう。それでも噂はあるんじゃないかと訊くと、ううんと鈍く猫本は唸る。

「宇波、最近はちょいちょい仕事変えてたみたいだからな」

「うまくいってなかったのか」

「今時はうまくいく仕事のが少ないだろ。仕事絡みで何かに絶望したのかもしれないってのは、普通に考えちまうことだろうよ」

「……あいつ最近、誰かと付き合いはあったのかな」

「ないんじゃないか。親御さんの口振りだと、地元の古い連れは俺ぐらいしか連絡取れなかったみたいだ。それも携帯じゃなく家の電話にかかってきたんだぜ」

「どういうことだよ」

「高校の卒業アルバムさ。今はどうか知らないが、俺らの時には連絡先が載ってたろ。それ頼りに電話が来たんだ。誰かと付き合いがありゃそんなことにはならんだろ」

喋《しゃべ》りながら煙草を銜《くわ》え、猫本は火を点す。

旧友の手は火傷跡が目立ち、爪は黒く汚れていた。猫本が高校時代は健康志向だったのを思い出し、吸うんだなと尋ねると、力のない笑みが返ってきた。

「工場《こうば》で働いてっと、煙草の健康被害を云々するのがバカらしくなんだよ。怪我なんてしょっちゅうだし、普通に仕事してててもいろんなもん吸い込むしな。美味いだけ、こっちのが躰に良さそうに思えるくらいだ」

「そんなもんか」

昔のままじゃいられんよと猫本は空に煙を吐き出す。

「宇波はそこんとこが妥協できなかったんだろな。でかい借金があったとか、不治の病に冒されてたわけでもなさそうだし。真面目さの犠牲になったんだ」

「不真面目になれって言ってやるべきだったか？」

「言わなくても自然とそうなるのが普通だろ。……待ってっから、宇波の親御さんに挨拶と焼香、済ませてこいよ」

頷きつつ、俺はもうひとつ尋ねた。

「宇波から今年、年賀状をもらったか？」

「年賀状なんて何年もやり取りしたことないぞ。やるとしてもメールで済ませちまうよ。ま、家を継いだらそんなことも言ってられなくなるだろうけどな」

宇波家の玄関を潜った。葬儀屋の社員に香典を渡し記帳を済ませ、初対面の顰《しか》め面《つら》した人と会釈《えしゃく》をしあい、面識ある宇波の母親に挨拶する。向こうは俺のことを覚えており、トモちゃんと呼ばれ、懐かしい気分になった。

「ほんとごめんなさいねー。年明け早々こんなことになっちゃって」

泣き腫《は》らした目の母親にはなんとも応じようがない。定型のお悔やみを述べるのも違う気がした。黙っていると顔を見てあげてと言われ、俺は木棺に収まった宇波と対面した。

縊死《いし》屍体は醜《みにく》いと聞いたことがあるが、葬儀屋ががんばってくれたらしく、宇波の顔は穏やかなものだった。タオルの跡を隠すためか、首筋にドーランが過剰にはたかれている。屍体特有の不自然さが満ちていて、そのせいで凄惨さはむしろ薄い。小窓が閉じられ宇波の顔が見えなくなっても、俺は何も感じなかった。

なのに立ち上がろうとした途端、背筋が震えた。そのまま俯《うつむ》いて動けなくなる。

うかつに動けば感情があふれてしまいそうだった。

同情なんかじゃない。他人事《ひとごと》ではないのだ。自分と宇波は大して変わらない。

それとも違うんだろうか。

ふと流川《るかわ》さんのことが頭に浮かんだ。俺が疑問を持ちながらも仕事を投げ出さずやってこられたのは、尊敬できる人がいたからだ。

その流川さんももういない。いなくなって半年になる。俺はそれでようやく旗を掴んだ気分を味わっていた。これからの目標は自分で見つけなくてはいけないなと。

だからこそ、いつうっかり自死を選ぶか判らない。これといった理由もないのに、こういう死に方をしてしまう可能性はあるぞと思えた。

生きることを諦められた宇波を少し羨ましく感じているくらいだ。

宇波の母親に改めて向き直り、尋ねた。

「由和君はその、どうして――」

「うん、それがねぇ……」

言葉を切って彼女は遺影を見た。最近の写真がなかったのだろう。黒く縁取られた遺影は成人式の時のもののようだ。宇波の母親は黙ったまま肩を震わせていた。
十、胸のうちで数えてから、俺は年賀状を取り出した。
「実は由和君から年賀状をもらったんです。——こんなことは今までになかったので、色々と考えてしまって」

年賀状を見ると、宇波の母親は少し明るい声で、あの子の字だわと呟《つぶや》いた。

「そっけない年賀状だこと」

「真意を聞かないとと思っているうちに、亡くなったとの報せが届いたんです。いまさら手遅れかとも思うのですが」

「そうだったの。でも遺書とかはなくってね。あの子が何に悩んでいたかは判らないのよ。部屋にはパソコンがあるのだけれど、どう触っていいか判らなくて。……そうだ。トモちゃんにお願いできないかしら」

「——はい？」

「パソコンを見てくれたら、あの子の悩んでたことが判るかもしれないし。わたしに判らなくても、トモちゃんだったら判るかもしれないでしょう」

自信はまるでなかったが、そう言われれば断れない。

案内されるまま宇波の部屋に行くと、そこは一昨年と変わっていなかった。いやそれどころか、ずっと以前、まだ十代のころ、ファミレスの料金さえ惜しみ、公園に集まって騒いでいたころとまったく一緒のようにさえ思えた。

自由に見てあげてと言い、宇波の母親は消えた。

パソコンは机にノートが一台あるだけだ。ネットゲームにはまれる環境ではなさそうだった。少しの罪悪感を抱きながらコンセントを差し込み、スイッチを入れた。ディスプレイに光が灯り、ハードディスクが静かに動き出す。

だがそれだけだった。

画面には英字の羅列しか映らない。しばらくいじったがどうにもならなかった。どうやらハードディスクがフォーマットされているようだ。自殺する前にデータを整理したのだろう。復元はできるかもしれないが、試みるだけ野暮だと思った。

机には充電器に刺しっぱなしの携帯もあったが、そちらも事情は同じだった。通話履歴、電話帳、メール、ブックマークまで綺麗に消えている。訃報の連絡を卒業アルバムに頼らなければならなかった理由がこれで判った。

確かに自殺だったんだろう。病気や事故なんかではない。

無論、誰かに殺されたなんていう可能性は論外だ。

ベッドに腰かけて部屋を見渡す。目の高さにまで積み上げられた求人誌の塔。その向こうの本棚にはゲームの攻略本が詰まっている。窓際に液晶テレビが置かれ、その隣《となり》に置かれたラックには各種ゲーム機が詰め込まれていた。

宇波が最後に遊んだゲームが何か気になったが、ソフトはどれも片付けられていて、知ることはできなかった。念のためと電源を入れてみたが、やはりゲーム機のハードディスクもメモリーカードもフォーマットされている。

棚の奥を見ると、古いロムカートリッジが大量に見つかった。さすがに確認する気にはなれないが、そちらのデータも消えていると見るべきだろう。

それにしても膨大な量だ。

死ぬ直前にちゃちゃっと済ませられるものでもない。何時間もかけて一気に消したのか。それとも何日かに分け、自殺予定日に間に合うように消していったのか。

作業をしている時、宇波はどんな顔をしていたんだろう。集中することで死の恐怖を紛《まぎ》らせてたのか。それとも、ひとつ消すたび決意を固くしていったのか。

壁にかけられたカレンダーは去年の十二月のままだった。

ふと思いドラクエⅢのカートリッジを探してみると、すぐに見つかった。

正規のファミコン本体はなかったが、代わりにライセンスコピーの本体が出てきた。カートリッジを差し込んで電源を入れてみる。やはりデータは消えていた。古いカートリッジなので電池切れかもしれない。

出したものを元に戻し、もう一度部屋を見た。

ほかに調べて何かが見つかりそうなのは机くらいだが、漁《あさ》る元気はもうなかった。パソコンとゲーム機を調べたところで俺の義理も終わったと思う。

部屋をあとにし、宇波の母親に力不足を詫《わ》びてから外へ出た。

「柵馬ぁ」

呼び声に振り向くと、宇波家のはす向かいにある公園の街灯下で、猫本が誰かと二人して突っ立っていた。黒色のニット帽を被っている。顔に見覚えがあったけれど、名前が思い出せない。昔のクラスメイトだ。俺を見てニット帽は手を挙げた。

「久しぶりだなー」

「だな。最近何してんだ」

「介護資格の勉強。なんだかんだでこれからは福祉だよ」

「柵馬、ごまかされんなよ。こいつはフリーター崩れだ。死ぬまで自分より上の人間に喰わせてもらうつもりなんだぜ」

猫本の言葉にニット帽はこだわらず笑った。繰り返されてきたやり取りなのだろう。適当に話を合わせながら誰だったか思い出そうとしたが、話しているうち誰でもいいように思えてきた。瀬見か落合か五島のうちの誰かだろう。

タメのやつが死ぬとあれだよなとニット帽は呟いた。

「負けた気がしねーか」

「誰によ」

「誰ってわけでもねーけど……こう、椅子取りゲームで座り損ねたみたいなさ」

煙を吐きながらふひっと猫本は笑い、判るぜと呟いた。

「おいてけぼり感があるよな」

「そうそう。そうしょっちゅう会ってたわけでもねーのに」

それはちゃんと生きてないからだと思ったが、口にはしない。天に唾《つば》するようなものだ。

ただ口ごもりがたく、そんなこと言うなよと俺は言った。

「俺らは別に競争してるわけじゃないんだから」

「それはそうだけどよ」

「そう、話変わるけどな――」

尋ねてみたが、ニット帽も宇波から年賀状をもらってはいなかった。

猫本が興味津々に問いの理由を訊いてきたので、俺は年賀状を見せた。だが二人とも問いの答に心当たりはないようだった。

「にしてもドラクエかぁー。好きだったよな。子供のころ」

懐かしむようにニット帽が言った。もうじきに次のが出るんだっけと猫本が問い、Ⅸの発売日が再来月の予定になってると俺は答えた。

「例によって延期するかもしれないけどな」

「再来月って、あっという間だよな」

確かにあっという間だ。

子供のころは二ヶ月なんて永遠と見紛《みまご》う時間だった。けれど今では一瞬だ。ベンチでちょっと休んだだけでそれくらいはすぐに経ってしまう。

そう考え、ふと気づいた。いやむしろ今までどうして思い至らなかったのか。

じきにドラクエの新作が出ることを宇波が知らなかったはずはない。

なぜあいつはそれを待たずに死んだんだろう？

◆

俺が帰ってきたせいでお袋が急遽《きゅうきょ》作ってくれたエビフライとビーフシチューにおせちの残り物という夕食を食べ終え、居間で面白くもないテレビを眺め時間を潰していると、親父に仕事はあるのかと尋ねられた。

「そこそこ。こんな苦しくはないね」

テレビではNHKが失業者問題を取り上げていた。自動車工場の仕事をなくした四十五歳の男性が寮を追い出されて途方に暮れる様子が映し出されている。

「仕事があるならいいんだが——」

「いざって時には無心に来るよ」

親父は鼻を鳴らした。笑ったのかもしれない。

俺としては本音が半分以上混じっていたのだが。

得意分野にしていたゲーム誌の撤退は行き着くところまでいき、それとは別にネット上の仕事は微増している。仕事単価の下落も底を突いた感があった。そう思うのは、危機感を抱き飽き、仕事の減りに慣れたせいかもしれないのだが。

楽観がない代わり深い悲観もない。ワーキングプアという言葉に希望が持てないというような響きを聞くのは、安定した仕事に就くか、就いていた人だけだ。フリーランスが長ければ、その言葉は最悪でも餓死はないぞという励ましに聞こえる。

どちらが正しい見方かを問いたいわけじゃない。前者のような見方をことさらメディアが強調するのは、そうしなければ社会が保てないからだろう。真の希望を持つには絶望を知らなくてはならないなんて嘯《うそぶ》いてみたところで、負け犬の遠吠えと言われるのが落ちだ。生まれてこのかた苦労の覚えもない身なら、自分でもそう言ってやりたくなる。羞恥心が続く限り口を噤《つぐ》むしかない。

この閉塞《へいそく》感は、だからどうしようもないのだろう。

何かが欠けてこうなったのなら補《おぎな》いようもあるけれど、過去の過剰は取り去れない。予《あらかじ》め奪われていた絶望を希《こいねが》うなんて不健康もいいところだ。

そのあたり、宇波はどうだったんだろう。

湯船に浸かりながら考え、ドライヤーを使うあいだも考え、歯磨きのあいだも考え、ベッドに入ってからも考え続けた。

俺のような妥協はあいつには似合わない。

かといって現状に絶望して自殺したとも思えなかった。

昔を思い出せば、宇波は俺にとっていちばん身近なヒーローだった。人に語る夢を持っていたし、もっと凄いことに、そのために行動する気概まで持ち合わせていたのだ。

いつか面白いゲームを作りたい。

それがあいつの夢だった。

『ゲームを作るってのは世界を作るってことなんだよ』

ある時、宇波はそう語った。ゲーム制作とは、自分たちが暮らしている世界とは全然別の規則、別の目的に縛られた世界を作ることなんだと。

『いちばん面白いゲームはもちろん人生だけれど、人生は一度きりでやり直しが利かない。付け入る隙はそこにあるんだ』

いちばん面白いはずのゲームを、けれど宇波は自分からやめてしまった。

それはどうしてだろう。

夢破れて地元へ帰ることになった時、あいつは何を俺に話しただろう。

そして俺はなんと応えただろう。

……思い出せない。ひとつも判らない。

判りたくないのかもしれない。年賀状と一緒だ。問いの答が判ったところで、後味が良くなる予感なんてないのだ。それでも調べたいと思っているのは、それについて考えているあいだだけ、自分自身のことを考えずに済むからだ。

ドラクエⅢで最大の伏線。

もしかしたらそれはサブタイトルかもしれない。

サブタイトルの『そして伝説へ…』は、エンディングテーマの曲名であると同時に、Ⅲのシリーズ中における位置を暗示したものだ。

詠坂に言わせると、優れた伏線にはいくつか共通点があるという。

読んで記憶に残るものであることがまずひとつ。精緻《せいち》に張り巡らせた伏線を回収したとしても、回収時に受け手の記憶になければ効果が薄いからだ。

そして初読時に伏線であると判らないことがひとつ。読みながらすぐ伏線と判ってしまうものが回収されたところで驚きはないからだ。

伏線回収の手際を競うミステリ作家らしい言い分だろう。

詠坂説によれば、優れた伏線はこの二つの条件のどちらか、あるいは両方を満たしているものらしい。受け手に覚えておいてもらいながら伏線と悟られないようにするなんて矛盾だと思うのだが、そこが腕の見せどころだそうだ。

いわく、記憶に残らせつつ伏線と悟らせないのは至難だが、それが伏線であることを回収までに忘れてもらえれば効果は一緒になる。そのため早い段階で伏線を張るというのは戦術的に巧い手だそうだ。なるべく序盤、できたら一ページ目。

可能ならタイトルを伏線とするのがいちばんいい。

Ⅲというナンバリングが誤導だとしても、サブタイトルはフェアな手がかりだ。真実を知ってから見ればあからさまだが、初見で気づくのは難しい。当時、そこまでシリーズの繋がりにこだわった物語を用意するゲームが稀《まれ》だったせいもあるだろうが。

そして伝説へ……か。

宇波は自分の死が何かの始まりだと暗示させたかったんだろうか。

そうは思えない。身の回りのものを整理し、遺書も残さず死んだのだ。何もかも截《たち》るような死に方だ。そもそも自殺は終わりを示すもので、始まりの死なんて前向きなものではないと思う。――思いたい。

そういえば詠坂はこうも言っていた。

伏線だと気づかせない手法は、面白いエピソードとして語ることで物語に溶け込ませるものが正道だ。けれど正道があるということは邪道もある。

邪道では伏線にまったく別の意味を与えておく。受け手を初手《はな》から騙しにかかるのだ。より積極的で薄暗い手だが、そもそもミステリを書くなんて行為が薄暗いものだから、邪道こそが正道と考える人も多いらしい。

ちなみに正道と邪道があれば、王道もあるそうだ。

それは結末の奇想だという。

前例がなく、発想することすら困難な結末が用意できれば、そこへ至る伏線も自然と前例がないものになる。開発されていない荒野ならどんな線も引きたい放題というわけだ。受け手に伏線だと気づかれたところでどうということもない。

前例がないことほど効果のある迷彩はないのだ。

しかし王道とは王の道。奇想は誰にでも思い付けるものではないから奇想という。

つまりその発想はオカルトに属する。由来の説明には才能や天啓という言葉を使うしかなく、一切の解析は許されない。当然、狙って生むこともできない。

詠坂に言わせれば、だからこそミステリは多く伏線の出来不出来で語られるのだという。奇想は孤高でほかと比較できないものだが、理論を抱えて機能する伏線なら客観的に比較ができる。第三者が採点を試みやすくもあるだろうと。

ドラクエにも奇想はあった。

世界地図を模した世界――プレイヤーの居場所と地続きの世界から生まれた勇者が魔王を倒し、その物語が伝説になるという奇想だ。キャラクターメイキングを実装することでその奇想はシステム面からも完成度を高めた。正しくプレイヤーの分身が英雄になるのである。それだけで名作とされるに足るだろう。そこにはまた伏線の妙もあった。プレイした当時はそんなこと気づきもしなかったが。

それはきっと宇波も同じだったに違いない。

気づいていれば、かつてともにした時間のどこかでそんな話をしていたはず。

宇波がドラクエⅢの凄みを再認識したとすれば、俺と疎遠になってからだろう。思えば、かつて愉しんだゲームを振り返ること自体、かなり後ろ向きな行為だ。

あいつは想い出を忘れるなとでも言いたかったんだろうか。

愉しんだ過去を、ひいては死にゆく自分のことを。

そう思うと涙が出てきて、俺は枕に顔を押し付けた。

歯を食いしばり、唸り声を上げる。

芯になる感情は哀れみじゃない。

怒りだ。

◆

翌五日、俺は迷った末、宇波家に向かった。

通夜から一晩が明け、その日はよく晴れていた。

雰囲気は沈んでいたものの清涼な空気の中で出棺は行われ、同年代の弔問客は、俺のほかには猫本と、色白で丸顔の女性だけだった。

棺を乗せた車を見送り、改めて宇波の母親にお悔やみを述べて去ろうとしたところで、猫本に捕まった。見れば傍《かたわ》らに丸顔の女性を伴っている。

宇波のかつての仕事仲間だそうだと猫本は彼女を紹介した。

「初めまして、村尾《むらお》と言います」

「どうも、栅馬です」

軽く手を挙げ、猫本はそそくさと立ち去った。去り際の視線に含むものがあった。宇波の死に対し、あいつはあいつなりに感じるものがあったのかもしれない。

彼女は探るような上目遣いで尋ねてきた。

「宇波さんの親友なんですよね、栅馬さんは」

「まあ古なじみです。そちらは宇波の仕事仲間というと——東京での？」

「はい。私はグラフィッカー……絵描きなんですけど、宇波さんが企画したゲームで、何本か一緒に仕事をさせてもらいました」

「……宇波が企画したゲームなんてあったんですか」

「ええ。携帯電話向けのものですけど」

初耳だった。東京にいたころ、俺たちは会えばおたがいの愚痴ばかりだった。企画が通らないことをよく宇波は訴えていたのだ。

そう言うと、村尾は心外そうな表情になった。

「故人を悪く言いたくないとかではなく、宇波さんは仕事ができる人でしたよ。同期の中では飛び抜けていました。ゲームが本当に好きで――」

「会社が潰れたんですよね。それで仕方なく地元に戻ってきたと聞きましたが」

「潰れたのは本当です。でも会社の人間が散ったわけじゃありません。何人かが集まって独立して、小さな会社ですが今も続いてます。宇波さんにはずっと一緒にやりませんかって誘いをかけていたんですけど、頷いてくれなくて」

「それは、人間関係が巧くいかなかったからとか?」

尋ねると、彼女はほんの少し口元を綻《ほころ》ばせた。

「確かに宇波さんは対人能力にちょっと問題がありましたね。でも、仲間うちで旗挙げした会社ですから、有能でも嫌われているような人を誘ったりはしませんよ。本当にあの人の力が必要だと思ったから誘っていたんです」

年賀状もと村尾が呟き、俺はどきっとした。

「毎年送っていました。人材急募中って添えて」

そうなんですかと応えつつ、疑問が浮かんだ。宇波の部屋には求人誌が積まれていたし、仕事をとっかえひっかえしていたようだと猫本も言っていた。

「――断りの理由、宇波はなんと言ってましたか」

「しばらくゲーム制作はいいとだけ。でもそんなの納得できませんよね。っていうか私は納得できなかったんです。そうこうしてるうちこんなことになってしまって。親友だった方なら何か御存知なんじゃないかと。——不躾《ぶしつけ》ですいません」

「いや、自分にも何がなんだかさっぱりで」

「そうなんですか。でも宇波さん、私たちによく言ってましたよ。柵馬っていう凄いやつと俺は友達なんだぞって」

「……は？」

「あっという間に夢を叶《かな》えたんですよね」

夢を叶えた？　誰が？　この俺が？

からかわれてるのかと思い笑おうとして、状況を思い出した。もし冗談なら、それは彼女に語った宇波の冗談だろう。村尾は自然に続けた。

「同い歳なのに名前が全国区で出ていて、ネットで評価されたりもしてるんだと」

「それは——」

名前が出ているというのはそのとおりだった。

俺がライターとして出発したゲーム誌であるプレスタは、どんな記事にも署名を入れさせてくれたのだ。自分の名前が読者欄ではなく記事の末尾にあるのを初めて見た時の感動は今でも覚えている。またそのおかげでマニアに名前を覚えられていたりもする。ネットで叩かれたりすることもあるようだ。

「私も柵馬さんの記事、何度か読ませてもらってますよ。プレスタの実在ダンジョン特集なんか大好きでした」

「あぁ、そりゃどうも……」

「携帯ゲームだと開発者の名前はなかなか出ないんですよね。スタッフロールがなかったり、あっても契約で出せなかったりするんです。宇波さんはよく悔しがってました」

あいつが自分の作ったゲームを自慢したことはなかった。

それは名前が出てなかったからなのか？

俺のほうはそんなことに一切構わず仕事の話をしていた。

もし署名を入れさせてもらえなかったら、俺は自分の仕事を黙っていただろうか？

――いやそんなわけはない。

文章は読んでもらって初めて生きるものだ。仕事と割り切れば量り売りになってしまう。

俺は穴埋め記事にもなるべく個性を入れようとしてきたし、宣伝もしてきた。ホームグラウンドだった雑誌がなくなってしまっても、映画誌や情報誌からぽつぽつ仕事が来るのは、そんな姿勢の賜《たまもの》だと信じている。

夢を叶えた、か。

だからなんだろうか。年賀状を俺だけに送ったということは、俺だけがあいつの中でほかとは違う存在だったってことになる。

それは、夢を叶えたように見えたからなのか。

……判らない。何も判らない。

死んだ理由はもちろん、なぜ今なのかも判らない。年賀状に対する俺のリアクションを期待していたにしては、三日に死ぬのも早すぎだ。仕事がないことを気に病んで死んだのかと思えば、ゲーム制作の誘いはずっとかけられていたのだともいう。

考えるうち険しい顔になっていたんだろう。おそるおそる村尾は尋ねてきた。

「もうゲーム誌には寄稿されないんですか」

「仕事がないんですよ」

「そうなんですか」

それでもう彼女は俺に興味をなくしたようだった。村尾はそっと会釈して立ち去り、俺も実家へ向かい歩き出した。

もし年賀状がなかったとしても、宇波の死を知れば俺は地元に帰ってきた。そして通夜に出て宇波の母親に挨拶し、告別式で出棺を見送っただろう。そこで村尾に会い、宇波が俺のことをどう語っていたかを知らされ、とまどったに違いない。

あの年賀状は俺の行動に何も影響していない。

とすれば、俺はまだ宇波が年賀状を送ることで狙った何かに至れていないのだ。

そうする義務はなくても、義理はある。仮に義理もないというなら、いいだろう、職業上の金言を呟いてやる。

「何が仕事の種になるか判らないじゃないか」

実家に戻ったあと、俺は押し入れを探り、ドラクエⅢのカートリッジとファミコン本体を見つけ出した。ACアダプタは死んでいたし、カートリッジの電池も切れていたが、ゲーム誌で長く連載していれば、そんなことは自分の裁量でどうとでもなる。

家族には適当にいいわけし、いそいそと都内に戻った。

幸い急ぎの仕事はない。メロンパンとチキンラーメンとポンジュースをしこたま買い込み、携帯の電源を切った。心配なのは体力だが、それは今まで長時間のゲームプレイに何度となく耐えてきた自分を信じるしかない。

幸い、攻略法は知悉《ちしつ》しているゲームだ。

エミュレータでさささっと済ませることも考えないじゃなかったけれど、動機は感傷だった。効率を追ったって仕方ない。実機でやるに越したことはないだろう。

ファミコンにスイッチを入れたのは六日の朝だった。

◆

七日の夕方、俺は自宅で眠たい目をこすっていた。

42インチの液晶に映るファミコンの画面はどこか仰々しい。やっぱりファミコンに似合うのは、画面の端が歪み、色もぼやけがちなブラウン管だなと思う。

ともあれテレビにはドラクエⅢのエンディングが流れていた。

およそ二十年振りの景色である。グラフィックも音楽も今のゲームとは比べものにならないほどチープだ。俺の感動にもノスタルジー補正は無視できない。それでもプレイの最中《さなか》、いくつもの再発見があった。短いテキストでセリフをまとめるセンス。すべてを語らず佇《たたず》まいで読ませる物語。ファミコンのコントローラの小ささとコードの短さ。いちばんの発見は、昔より涙もろくなった自分だったりするのだが――

結局、宇波が問う最大の伏線は判らなかった。

途中から、このやり方では判らないんだろうと思えてはいた。

宇波の年賀状にあった問いはシンプルだった。わざわざ再プレイしなければ思い出せないことが最大の伏線だとは考えにくい。

いい伏線は回収後も受け手の記憶に残るものだからだ。

それが名作と呼ばれるものであれば何年も。いやもしかしたら最期の瞬間まで。

そう気づいたのにプレイをやめられなかったのは、愉しかったからだ。

世界を救うことが。過去を思い出すことが。

そして何より、優れた作品に触れているということが。

ゲームとテキスト。ジャンルが異なっても人の手が作ることに違いはない。

初めて雑誌に自分の文章が載った時、俺は喜んだ。自分も何かを作れるのだと思えたからだ。どうしても伝えたいことや伝えたい相手があったわけじゃなかった。いつか他人を感動させるものが書けるようになるかもしれない、そういう未来の予感が嬉しかったんだ。予感のまま物書きを仕事にしてから、長いあいだそれを忘れていた。

名作はタイムマシン。そんな言葉が判る歳になってしまったらしい。

リセットボタンを押しながら本体の電源を切った。流しに行って冷水で顔を洗う。

そして覚悟を決めた。

真相を知る覚悟じゃない。もう自分に打つ手はないと知ることの覚悟だ。問いに答えられるかもしれない手、それが俺にはあとひとつだけ残っていた。

できれば頼らずに済ませたかったが、仕方ない。

詠坂の携帯を呼び出した。珍しく三十秒ほどで相手は出た。

「……ふあーい。何すかー」

「おう。寝てたか？」

「ようかん喰ってました」

「……話しても大丈夫なようだな」

「みたいですね」

「ドラクエⅢで最大の伏線って言ったら、なんだと思うよ」

「……ドラクエⅢ？」

「で、最大の伏線」

しばしの沈黙があり、あきれ声が続いた。

「……柵馬さん。今年で俺らは三十路《みそじ》っすよ。判ってますか」

「お前よりかはな」

電話の相手は同い歳だった。かつてともに仕事をして以来の付き合いなのだ。

ゲームに一家言持ち、理屈で物事が考えられ、くだらない問いに嫌々付き合ってくれる知り合いとなると、俺にはこいつくらいしかいない。

「懐古趣味の仕事でも入ってきたんすか？　俺はあんまりそういうのには感心しませんね。常に未来を志向しないと」

「歳取れば昔が恋しくもなるさ」

「ドラゴンボールでも探したらどうです。なんなら手伝いますよ」

「いいから意見を述べろよ。何も見識がないのか？」

「――この俺がドラクエに対して？　まさか！　俺のペンネームは下半分、堀井雄二《ほりいゆうじ》から取ってるんですよ？」

んんんと咳払いが聞こえた。乗ってきたなと思う。

「ドラクエⅢですね？　Ⅲで最大の伏線……どういう状況での問いなんでしょう。ディベートのテーマとか？」

「旧《ふる》い友人からのなぞなぞさ。歳は俺らとタメだ」

「それじゃリアルタイムでロト三部作に触れてると考えていいすね？　スーファミ版やゲームボーイ版じゃなく、ファミコン版ベースの問いであると」

「ああ」

「ちなみに柵馬さんはなんだと思いました？　最大の伏線」

「……サブタイトルかな。それじゃなかったら、主人公がロトの子孫ではないこと、アレフ

「ふんふん。いいんじゃないですかそれで。ちゃんとした伏線だと思いますけど」

「最大のって条件なんだ。こんなに判りやすいものが答だとは思えない。適度に判りにくく、でも聞いたら確かにそれだと思えるようなものじゃないと」

「……いつも思うんですけど、柵馬さんが持ち込む問題ってやたら条件が曖昧《あいまい》ですよね。抽象的な答を求めるものばっかりで」

「だから小説家に尋ねてるんだ」

「誉め殺しにしか聞こえねー」

慨嘆に、まあいいやと投げやりな言葉が続いた。

「そうしたらもう考えられるのはひとつですわ。タイトル画面のことでしょう」

「タイトル画面？」

「ほら。Ⅲのタイトル画面って――」

「黒バックに『DRAGON　QUEST　Ⅲ』って表示されるだけだよな」

「なんだ。覚えてるんじゃないすか」

「あれは伏線じゃなく、本編だけで容量が一杯になった皺寄せだろう」

「――と説明されてますよね」

通話の向こうで薄笑いを浮かべている声だった。

「柵馬さんはその説明を素直に信じているわけだ」

「なんだそのバカにしたような言い方」

「バカにしたんです。――いいですか。これがそこらに転がる馬の骨が制作した代物であれば、そんな説明が罷《まか》り通るのもむべなるかなですよ。しかしゲームデザインは誰ですか。テキスト入力型アドベンチャーにおけるプレイヤーと主人公のあいだに横たわる溝というお約束、そこに潜む矛盾の合理的解決を装《よそお》った外枠に仕掛けを施すという離れ業をポートピア連続殺人事件で見せ、和製の本格ミステリ史上最も多くの探偵が挑戦した三重密室における人体消失トリックであるところの『ペルポイのラゴス』をドラクエⅡでフェアに展開してみせた堀井雄二ですよ？」

やたら熱のこもった弁舌だった。俺は冷静に尋ねた。

「容量の問題って説明が嘘だってのか」

「嘘じゃないです。それはそれで事実なんでしょう。けれどそれだけでは絶対にない。容量が足りず綺麗なタイトル画面が用意できないなら、それさえ利用したデザインをするのが優れたクリエイターというものです。小説には映像がありませんが、そのことを逆手に取ったトリックがあったりする。それと同じことですわ」

「Ⅰ、Ⅱと用意されていたタイトル画面がないことが、プレイヤーが知るドラゴンクエストはまだ始まっていないというメッセージだと言いたいのか？　こじつけに聞こえる」

「そういう理解だけじゃそうでしょうね。タイトルが超シンプルってことで、当然のように見過ごされた点にも注目して下さいよ」

「見過ごされた……？　映像がないことを言ってるんじゃないのか」

「もうひとつあるでしょう」

もうひとつ？

「プレイヤーの味覚と嗅覚を参加させたビデオゲームはまだありませんよね。触覚は、ボタンを押したりリモコンを振り回したりすることで参加させられている。視覚は言うまでもないとして、人の五官にはもうひとつあるじゃないですか」

「――聴覚。音楽か」

ドラクエⅢのタイトル画面は無音だった。

そうですよと勢い込んだ声が言う。

「ドラクエのタイトル画面に音楽がない。それって具体的にはどういうことですかね」

考えるまでもないことだった。

「いつものテーマ曲がないってことだ」

「そう、ミーミミ、レレレ、ドレミファミレミファソラドラソファミ、レーレレ、ミーミミ、ミドミレー、のファンファーレから始まる例の音楽がない。ファミコン版のドラクエⅢでは、そいつが鳴るのはスタッフロール直前です。そのタイミングで流れるからこそ、感動が一際大きくなるんでしょう」

そのシーンを見たのはついさっきだ。説得力はある。

「ちなみに、この曲はシリーズによってタイトルが違います。Ⅰでは『序曲』。Ⅱでは『ドラゴンクエストマーチ』。Ⅲではもろに『ロトのテーマ』です。Ⅳ以降は、開幕のファンファーレがまったく違ったものになりますね」

「ロトのテーマがタイトル画面に流れずエンディングで流れるのは、伝説がここから始まることを音楽で表現するためなのか」

「ほかにないでしょう。容量を削減しなければならないとはいえ、音楽を鳴らすくらいはできたはず。画像がないのは必然でも、音がないのは恣意《しい》です。それは演出であると同時に、冒頭から大胆に張られた伏線でもあったわけですよ！」

俺は素直に頷いた。

指摘されなければ判らないものを伏線と呼ぶのは抵抗があるし、穿《うが》ちすぎな気がしないでもなかったけれど、音楽という発想がなかったのは確かだ。

「――なるほどな。伏線に大小があるならそいつが最大なんだろうさ」

「判ってもらえて嬉しいです。いやぁ、しかし柵馬さんの知り合いにこの手の問題を尋ねてくるバカがいたとは、ちょっと意外ですわ」

「ああそうかよ……」

解答を手にした衝撃で頭が回っていない。

考えずに呟いた問いは、恥ずかしくなるくらい若いものだった。

「なあ、お前はどうして小説家になったんだ」

「……いきなり何？」

「いいから言ってみろよ。小説家を目指した理由」

「そういうのって言ったとこで嘘にしかならないっつうか、後付けのと最初からあったものと区別が付くもんでもないと思うんですが」

そうかもしれない。犭《けものへん》の取材時に学んだことでもある。

だが今は頷きたくなかった。

「後付けでもいいから言えよ」

「まあ最初は過信ですよね。それから使命感。次が酔い、徐々に惰性、最終的には意地ですわ。これから歳喰ってさらに変わってくんでしょうが、今んとこはそんなんです」

「――そうか」

「やっぱ変だな柵馬さん。さっきの問いと関係してるんですか。っていうか、その問題を考えたのってどんなやつなんです？」

「普通のやつさ。先週自殺したんだが」

返答がなかった。黙っていると舌打ちが聞こえ、なんだそれと冷えた声が毒突いた。

終わったやつの罠かよと。

「最初に言っておくべきだったな。悪い」

「……さみぃよ。死ねよー」

「お前が死ね」

通話を切った。タイミングは同時だったろう。こいつと電話で話すといつもこうだ。

畳《たたみ》に倒れ込んだ。時計を見る。数えると三十時間近く起きている計算になった。だが目は冴えている。眠りたくもなかった。今眠れば俺はきっと考えることを諦め、宇波のことを綺麗さっぱり忘れてしまう。そんな予感があった。

結局宇波は何が言いたかったのだろう。

最大の伏線がタイトル画面だったとして、それがなんだと言うのか。

俺は何気なく机の上に放った年賀状を眺めた。

定型文だけで絵のひとつも描かれていない年賀葉書を。

……

絵のない年賀状？

ドラクエⅢのシンプルなタイトル画面と、それはどこか――

跳ね起きて年賀状を摑んだ。

出題だけならメールで済ませられるはず。

そこをあえて葉書にしたということは。

ためつすがめつしてみても葉書に目を惹《ひ》くところはない。染みもなければ濡れてふやけた跡もなかった。炙《あぶ》りだしの線はない。

だが光に照らしてみると、文章の余白にのたくる線が見えた。

細いもので引っ掻いたような跡だ。

机のペン立てに鉛筆はなかった。引き出しを探すと見つかったが、今度は鉛筆削りが見当たらない。仕方なくカッターで削った。そんなことも小学生の時以来だ。あのころは、机に電動の鉛筆削りが常備してあったっけなと思う。

芯を尖《とが》らせた鉛筆を寝かせてこすり、年賀状の余白部分を塗り潰した。

文字が浮かび上がる。長くはない。

『よしおはにげだした』

――

宇波らしいとまず思った。

人生の終幕を数語で語り尽くすなんて気が利いているじゃないかと。

命を賭《と》せば誰だってこんなことが思いつけるのかもしれない。

俺はきっと、ほっとした。そう。そういうことなのだ。

宇波はどうしてドラクエの新作を待たずに死んでしまったのか。

ゲームを楽しんでいる最中は、死にたいなんて思いもよらなくなるからだ。

一時でも目を逸らせば決意は鈍る。あるいは死にたい気持ちまで忘れてしまうかもしれない。もしかしたらプレイを終えたあとまでも。

優れたゲームにはそれだけの力がある。ドラクエの新作であればなおさらだろう。

再びゲームを作りたいとの想いが芽生える可能性さえあるのだ。

死ぬ予定があるならそれを恐れないわけがない。だから宇波はそうなる前に逃げ出したのだ。出たら出たで、どうあってもやらずにはいられない自分を知っていたから。

とすれば、この年賀状は俺に対してのいいわけなのかもしれない。新作が出ることを忘れていたわけじゃないんだぜ柵馬、くれぐれも勘違いしてくれるなよと。

自殺の理由は判らない。判りたくもないし、判ったところで頷くことは金輪際ないだろう。

けれど、宇波が死ぬ間際に何を気にしていたかは判った。判った気がした。

俺にはそれで充分だ。

それだけで理由を問わずゲームを、人生を続けていける。

死ぬまで——というのが謙虚にすぎるのなら、飽きるまで。

じゃなきゃ、気の利いたフレーズを思い付くまで。

解説

福井健太《ふくいけんた》
（書評家）

デビュー以来のファンにとって、詠坂雄二は得体の知れない作家――企《たくら》みに満ちた青春ミステリ、偽ドキュメンタリー、大胆な仕掛けのホラーなどを繰り出し、独自の存在感を放つ怪物だった。そんな異才が思い入れを投入し、新境地を拓《ひら》いた青春譚が『インサート・コイン（ズ）』である。

詠坂雄二は一九七九年生まれ。高校生で小説家を志し、二十歳から二十六歳にかけてメフィスト賞に二十三作を投稿した（筆名は「アイロニック・ボマー」「昏稀明日《くらきあした》」）。二〇〇六年に『メフィスト』が一時休刊になった際、KAPPA-ONEに投じた『月曜のグラス・ウォマン』が入選し、同作を改題した『リロ・グラ・シスタ the little glass sister』で翌年にデビュー。読者としては「竹本健治《たけもとけんじ》さん、佐藤大輔《さとうだいすけ》さん、矢作俊彦《やはぎとしひこ》さんの作品を愛好していました」「海外ミステリでは、エド・マクベインのアイソラ物が好きです。ミステリ以外ならジョージ・R・R・マーティンの《氷と炎の歌》シリーズの続きが気になりますね」

（『ハヤカワミステリマガジン』一〇年一月号）という。

初期作に駆け足で触れておくと、デビュー作は高校生が校内の殺人に挑む青春ミステリだった。『遠海事件《とおみ》　佐藤誠はなぜ首を切断したのか？』は八十六件の殺人を自供した殺人鬼・佐藤誠《さとうまこと》の物語。ミステリ作家・詠坂雄二が綴ったノンフィクションという体裁の野心作だ。『電氣人間の虞《おそれ》』は都市伝説をめぐる奇譚。著者は京極夏彦《きょうごくなつひこ》の影響を認めているが、異様な幕切れは殊能将之《しゅのうまさゆき》の長篇を彷彿《ほうふつ》させる。同作に推薦文を寄せた綾辻行人《あやつじゆきと》は絵本『くうきにんげん』（絵＝牧野千穂《まきのちほ》）を「アイロニック・ボマー」に捧げた。『ドゥルシネーアの休日』では模倣犯の殺人が相次ぎ、人々は不在の探偵に翻弄される。第五長篇『乾いた屍体は蛆も湧かない』は、青年が映画撮影に使った身元不明の死体が消えるサスペンス。トリッキーな筆致を駆使しながらも、著者が積極的に手法を変えてきたことは明らかだろう。

一二年に光文社から四六判ソフトカバーで刊行された『インサート・コイン（ズ）』は、〇九年から一一年にかけて『ジャーロ』に掲載された五篇を収めた連作集。本書はその文庫版である。最終話は他の四篇（〈ゲームなんてしてる暇があった〉シリーズ）よりも先に書かれたが、同じシリーズと捉えても支障はないだろう。

内容を紹介する前に、著者とビデオゲームの関係を押さえておこう。ペンネームの由来は

『ドラゴンクエスト』を生んだゲームデザイナーの堀井雄二《ほりいゆうじ》。高校生の頃に書いた小説は、身辺に材を採《と》ったミステリと『タクティクスオウガ』の二次創作。綾辻行人との対談（『ジャーロ』一四年春号）では「小遣いはほとんどゲームに費していて」『かまいたちの夜』から〈新本格ミステリ〉という括りがあることを知って、興味を持って新本格を読みはじめた」と語っている。著者のビデオゲーム愛は筋金入りなのだ。

エッセイ「小説が書けるゲーマー」（『小説宝石』一二年三月号）において、著者は「ゆうに四半世紀を超える」ビデオゲーム歴の中で、ゲームを描く小説やゲーム内のテキストに失望する自分を慰めてくれたのが「背後に物語を見てしまう点において、小説的な面白味まで含んでいる」「ゲーム雑誌で有名無名のライターたちが筆を滑らせて書いた、攻略記事とも、想い出話とも、設定考察とも、思想表明ともつかないヌエのような文章」だったと述懐している。「プロが金を取って読ませるレヴェルの」「ゲームについて語った文章」を求めた自分が小説家として責任を取る——本作はそんな姿勢で書かれたのである。

第一話「穴へはキノコをおいかけて」は『スーパーマリオブラザーズ』をモチーフにした話。動くキノコを探してハイキングコースを訪れたゲーム雑誌ライター「俺」こと柵馬朋康《さくまともやす》は、岩場で不穏な赤黒いものを目撃するが、翌日にはそれが消えていた——という謎を先輩ライターの流川映《るかわあきら》が解くエピソードだ。ミステリとしては平易だが、ゲーム論からプロットを捻出し、シリーズの概要を示した好篇である。柵馬の元ネタは『桃太郎電鉄』で知られるゲーム作家兼ライターのさくまあきらだろう。

第二話「残響ばよえ〜ん」は本書で最もミステリらしい一篇。日本推理作家協会編のアンソロジー『ザ・ベストミステリーズ２０１２』にも採られた傑作だ。柵馬が中学校時代の初恋――ゲームセンターの『ぷよぷよ』で対戦した同級生ミズシロのことを書き、それを読んだ流川は彼女の秘密を見抜く。本格ミステリの古典的なアイデアとゲームの性質を組み合わせ、苦い青春小説を紡いだ手腕はまさに一級品。ゲームセンターで少女と戦う青春像から、押切蓮介の漫画『ハイスコアガール』を連想する人も多そうだ。「ばよえ〜ん」は『ぷよぷよ』で大型連鎖を決めた時の効果音（正確には呪文）である。

第三話「俺より強いヤツ」では、柵馬と詠坂が九〇年代の格闘集団「犭《けものへん》」で最強と称された三人を取材し、不可解な事態に直面する。『ストリートファイターII』のキャッチコピー「俺より強い奴に会いに行く」を踏まえた謎を案出し、喧嘩と対戦格闘ゲームを並置して悟りの境地を描くユニークな物語だ。

表題作「インサート・コイン（ズ）」では流川にトラブルが発生し、シューティングゲームの評論と「insert coin(s)」という言葉を託された柵馬は、十年前に告げられた「シューティングゲームの必勝法と文章のそれは一緒なんですよ」の真意に気付く。著者が辿り着いた文章を書くことに対する認識、先達への敬意、作家の矜持《きようじ》などが詰まった独白は、すべての創作者の胸を打つに違いない。

　巻末に置かれた「そしてまわりこまれなかった」は、シリーズ化の前に書かれたプロトタイプ的な一篇。旧友・宇波由和《うなみよしお》の「ドラクエⅢで最大の伏線が何かわかるか？」という年賀状を受け取った翌々日、柵馬は宇波の自殺を知らされる。『ドラゴンクエスト（Ⅰ〜Ⅲ）』の分析を軸として、生々しい心理を抉り出すエッジの利いた快作だ。本篇の発表順と時間軸に注目すれば、著者のもう一つの狙いも見えてくるだろう。

　具体的なビデオゲームの考察を起点として、それに関連する出来事を描き、自省的・感傷的なドラマを紡いだ青春小説集——あえて大雑把に言ってしまえば、本書はそんな一冊である。「いい年してゲームにこだわって、何か普遍的なものが語れると信じてる」という柵馬の台詞は、そのまま著者の信念と解釈したい。ビデオゲーム絡みの着想を転がし、思索や迷走を経て「普遍的なもの」を導き、キャラクターの経験と境遇に重ねる作劇法は、ゲーム小説としてすこぶる画期的なものだ。

　いささか余談めくが、著者が〇五年にメフィスト賞に送った「lives with sprites」には「小説より、ゲームが好きな俺達へ」というコピーが付されていた。多彩なビデオゲームを素材として、ファンタジーやミステリを含む十六篇を綴った短篇集である（第一話は「マリオはいつからキノコを取らなくなったんだろう」という疑問で幕を開ける）。この習作の存在からも、本作が試行錯誤と熟成期間の産物であることは間違いない。

最低限の説明は作中にあるにせよ、予備知識のない読者が本作に共感することは難しい。しかし登場するビデオゲームは高名なものばかりで、世のプレイヤーが注ぎ込んだ時間と愛情は計り知れない。決して間口の狭い作品ではないのである。


本作以降の作品もざっと紹介しておこう。『日入国《ヒノイルクニ》常闇《トコヤミ》碑伝《ヒデン》』は雑誌掲載の五篇に書き下ろしを加えた伝奇集だが、凝ったテキスト構成はこの著者らしい。『亡霊ふたり』は殺人者志願の少年が少女の探偵修行に巻き込まれ、彼女を殺す機会を伺いつつ、日常の謎解きに協力するユーモアサスペンスだ。

一四年刊の『ナウ・ローディング』は本作の続篇。一二年から一四年まで『ジャーロ』に連載された五篇（〈ナウ・ローディング〉シリーズ）が収められている。流川はすでに退場しており、一篇ごとに話者を変えてエピソードの幅を広げた作りが興味深い。著者は「『インサート・コイン（ズ）』はメジャーなゲームばかり扱っているんですけど、ただいま『ジャーロ』で連載している続編はひどいものです」（『ジャーロ』一四年春号）と自虐しているが、本作が好きな人は問題なく楽しめるだろう。

現時点での最新刊『人ノ町』は、一四年から一六年まで『小説新潮』に発表された五篇を束ねた連作集。各地に点在する町――凪の止まない町、犬で溢れた町、陽神信仰の玉座を中心とする町などを旅人が訪れ、彼女の目的や世界の背景が徐々に浮かび上がるファンタジーだ。一六年末には書き下ろし長篇『墟詰事件（仮題）』が光文社から四六判ソフトカバーで刊行予定である。

最後にもう一つ、詠坂作品のリンクにも言及しておきたい。『遠海事件』では探偵の月島《つきしま》凪《なぎ》が佐藤を自首に追い込み、詠坂が佐藤を取材した。『電氣人間の虞』では詠坂と柵馬が遠海市の都市伝説を追い、二人は本書と『ナウ・ローディング』に再登場する。月島は『ドゥルシネーアの休日』の事件に影響を及ぼし、後に『ナウ・ローディング』に顔を出した。『亡霊ふたり』では『リロ・グラ・シスタ』の舞台が廃校になっており、主役コンビはそれぞれ佐藤と月島に憧れている。これらも熱心なファンには嬉しい趣向だろう。

ビデオゲームへの愛着を公言してもなお、著者は摑《つか》み所のない作家であり続けている。しかし「エンターテインメントを書き続けます」（『ハヤカワミステリマガジン』一〇年一月号）「王道は難しいんです。難しいけれど、でも書きたい。書かないといけないんです！」（『ジャーロ』一四年春号）という宣言からは、娯楽小説に徹する覚悟がはっきりと見て取れる。型に囚われないセンスと王道へのリスペクトを備えた著者は、今後どんな小説で我々を楽しませてくれるのか。期待は高まるばかりだ。

【著作リスト】

『リロ・グラ・シスタ the little glass sister』光文社カッパ・ノベルス（〇七）→光文社文庫（一三）
『遠海事件　佐藤誠はなぜ首を切断したのか？』光文社（〇八）→光文社文庫（一四）
『電氣人間の虞』光文社（〇九）→光文社文庫（一四）
『ドゥルシネーアの休日』幻冬舎（一〇）→光文社文庫（一六）
『乾いた屍体は蛆も湧かない』講談社ノベルス（一〇）
『インサート・コイン（ズ）』光文社（一二）→光文社文庫（一六）※本書
『日入国常闇碑伝』講談社ノベルス（一三）
『亡霊ふたり』東京創元社ミステリ・フロンティア（一三）
『ナウ・ローディング』光文社（一四）
『人ノ町』新潮社（一六）

〈初出〉

「穴へはキノコをおいかけて」　「ジャーロ」四十号（二〇一〇年十二月）

「残響ばよえ〜ん」　「ジャーロ」四十一号（二〇一一年四月）

「俺より強いヤツ」　「ジャーロ」四十二号（二〇一一年七月）

「インサート・コイン（ズ）」　「ジャーロ」四十三号（二〇一一年十二月）

「そしてまわりこまれなかった」　「ジャーロ」三十五号（二〇〇九年四月）

二〇一二年二月　光文社刊

光文社文庫

インサート・コイン(ズ)

著者　詠《よみ》坂《さか》雄《ゆう》二《じ》

2016年10月20日　初版1刷発行
2023年7月5日　2刷発行

発行者　三宅貴久
印刷　新藤慶昌堂
製本　ナショナル製本

発行所　株式会社　光文社
〒112-8011　東京都文京区音羽1-16-6
電話（03）5395-8149　編集部
8116　書籍販売部
8125　業務部

落丁本・乱丁本は業務部にご連絡くだされば、お取替えいたします。
ISBN978-4-334-77365-6　Printed in Japan

組版　萩原印刷